平安後宮の薄紅姫
物語愛でる女房と晴明の孫

遠藤 遼

富士見Ｌ文庫

目次

はしるはしる、わづかに見つつ、心も得ず心もとなく思ふ源氏を、一の巻よりして、人もまじらず几帳の内にうち臥して、引き出でつつ見る心地、后の位も何にかはせむ。

（胸をわくわくさせながら、これまでほんの少しばかり読んでは納得いかずにじれったく思っていた『源氏物語』を一巻から始めて、一人きりで几帳の内にうつ伏せて櫃から取り出しながら読むこの気持ちといったら、后の位だって問題にならない）

——菅原孝標女『更級日記』

平安の都は、春の桜の盛りのように栄えていた。

日本独特の華やかで美しい文化が花開き、のちに国風文化と呼ばれる。それらは仏教文化のみならず、建築法や絵画、工芸、書や服装などに及ぶ総合文化だった。

中でも詩歌、日記や随筆、物語といった文学の興隆はめざましい。

当時の文学の主たる担い手は、清少納言や紫式部ら女房と呼ばれた女性たちだった。

千年の昔に、これほど女性作家たちが活躍した国は世界に例はない。女性のみずみずしい感性で書かれた文学は当然、女性たちを中心に大流行した。

ここに一人の女房がいる。

物語をこよなく愛し、中でも『源氏物語』に耽溺しつつも、宮仕えはしっかりこなす。

だが本心は、宮仕えよりも物語のために日々を生きていると言っても過言ではない。

あらゆる物語を読みたいと女童の頃に願をかけ幾星霜。いつしか彼女は数多の物語から古今の教養や人の世の機微にまで通じていた。おかげで、いつの間にか陰陽師の手に余る難事の謎解きや後宮のもめごとの解決を頼られるように……。

「私はただ、『源氏物語』を一日中読んでいたいだけなのに。大変、不本意です」

時すでに遅し。彼女は「薄紅の姫」として知る人ぞ知る知恵者として尊ばれ——彼女自身が物語として語られる立場となっていた。

長元十年二月、女御・藤原嫄子が中宮となるために忙しい後宮から、物語は始まる。

序ノ一　晴明の孫

春うららかな京の都。梅の花を愛でた人々の心は、次に咲く桜の花を心待ちにしていた。厳しい冬を乗り越えた祝福のように神々が惜しみなくくださる花々や若緑の美しさは、生きている幸福そのものだった。

そんな幸福などどこへやら、内裏の中は慌ただしい。

昨年、崩御された後一条帝に代わった今上帝（後朱雀帝）の即位に関する儀式は滞りなく終えていた。八月に即位礼、十二月に大嘗祭と、帝のとても大切な儀式を立て続けに挙行したため、文官武官ともにへとへとになって年を越した。

年を越したら、今度は女官女房たちの番だった。

忙しく廊下を行き交う女房たちの様子を見ながら安倍奉親は聡明そうな顔に苦笑を浮かべた。年の頃は二十歳くらい。色白で切れ長の目をしていて、古くからの名門貴族たちと較べても気品が漂っていた。ただ品があるだけではない。薄い唇は引き締まり、男らしい精悍さがほんのりとにじんでいた。上品でありながら自信にも満ち、しかも理知的な姿は、思わず知らず女房たちの目を惹(ひ)かずにはいられない。身につけている表は白、裏は蘇芳(すおう)の梅と呼ばれる重ね色目の狩衣(かりぎぬ)の艶(あで)やかさが、奉親の顔に映える。

「お忙しそうですね」

と、自らの応対をしてくれている菅侍従(かんじじゅう)と呼ばれる女房に奉親は語りかけた。

奉親はその名字から察せられるように安倍晴明(せいめい)の孫に当たる。末孫だった。安倍晴明の孫は何人もいるが、その中でもひときわ顔立ちが晴明に似ていると評判だ。もっとも、当人にとっては生まれる前に亡くなっている祖父の面影を云々(うんぬん)されても、反応に困る評判だったが。

安倍晴明は都で知らぬ者のいない偉大な陰陽師だった。陰陽師とは星を読み、吉凶を占い、貴族たちの生活から政(まつりごと)までさまざまな相談を請け負う者たちだ。身分としては中務(なかつかさ)省(しょう)管下の陰陽寮(おんみょうりょう)に所属するれっきとした役人である。その中にあって、晴明は、有力貴族を中心にさまざまな相談事を担っていたので世間で評判になっていた。その点、彼の十八歳年下の師匠である賀茂光栄(かものみつよし)が、人前にあまり出てこずに物事を解決へと導いたのと対照的だった。

その晴明は、陰陽師たちを束ねる陰陽寮で重大な役割を担っていた。陰陽寮の長である陰陽頭(おんみょうのかみ)にこそならなかったものの、天文道を継承したのだ。

以来、天文道は安倍家独占となり、奉親も天文道を深く学んでいた。

奉親もまた陰陽師なのだった。

菅侍従は、女房らしく控えめな単を身にまとっている。控えめなのだが、花山吹の襲色目を丁寧に着て、薫香にも嫌みなところがなかった。衵扇で顔を隠しているが、その指先の桃色の肌はきめ細かい。

奉親の目を惹いたのは、扇を下げたときに垣間見えた、菅侍従の額と瞳だった。白い額はなめらかでありながら男に負けぬ智慧の香りがする。瞳の輝きは子供のように無邪気そうで、忙しい宮中にあって世間ずれしていない純粋さを感じさせた。奉親は素直に驚いた。女性の年齢を推測するのは失礼かもしれないが、自分より十歳くらいは年上だと思うのだが……。奉親は、自らも檜扇で口元を覆って表情を隠しながら菅侍従を観察していた。

「ええ。今年、女御となられた藤原娍子さまがさらに中宮におなり遊ばすのですから」

「菅侍従は女御さまにずっとお仕えでいらっしゃいますから、なおさらお忙しいでしょう」

「ええ、まあ……」

なぜか菅侍従は目をそらして曖昧に答えた。何かあったのだろうかと気になるが、奉親には分からない。

「娍子さまが中宮におなりになると同時に、これまで中宮でいらっしゃった禎子内親王が皇后宮に立后されるご準備もありますものね」

「そうですね……。いろいろありまして。後宮というものは」

菅侍従がますますどんよりしているのは気のせいだろうか。

「中宮になられるとなれば、当然ながら男たちだけではお支えできませんからね」

「そのため、奉親さまにもさまざまな吉凶の占いをお願いしていますが、奉親さまこそお忙しくされているのでは」

まだ二十歳そこそこの奉親は、間違いなく自分より年上の菅侍従からそのような気遣いを受けて、少し恐縮してみせた。

「それが陰陽師というものですから。書物から調べたり、占(せん)を行うのも仕事でございますれば」

陰陽師とは暦と天文を読みながら物事の吉凶を占う者たちであり、凶事を占うがゆえに、その反対をなすことで吉事を招く方策を考える。宮中の日々のよしなしごとに込められた神意を解読する者たちでもあった。

現に、今日、菅侍従を通して奉親にもたらされた相談事は、中宮冊立に際して新たに衣(い)裳(しょう)を準備する日はいつが良いか、調度品を整えるのはいつが良いか、調度品を中宮が使う局(つぼね)に運ぶのはいつが良いか、中宮が最初に局に入るときにはどのように後宮を回ってくれば良いか、忌みとなる方角はあるか、などなどであった。

ほぼ同様の内容の相談が禎子内親王の女房側からもあがっている。一度にあげてほしいと、合理的に考える奉親などは思ってしまう。しかし、そこには後宮なりの事情があるらしい……。

「陰陽寮には、物事を占うにあたってのさまざまな貴重な文献などもあるのでしょうね」

不意に菅侍従の目が輝く。

「ええ。祖父・安倍晴明が残した書物などはみなこぞって学んでいます」

「それはそれは――」

菅侍従が感心したようなため息をもらした。

本来なら、すぐに帰参して依頼された占いを始めるべきなのだが、もう少しおしゃべりしてもいいだろう。もう少し菅侍従の人となりを〝占〟したい。奉親は檜扇を少し開いて口元に当てたまま、気になっていたことを尋ねた。

「菅侍従は、菅原家のご息女でいらっしゃるのですか」

と奉親が質問すると、菅侍従は扇を取り落としそうになる。

「え？　あ？　まあ、一応、その末席を汚しているといえばその通りなのですが」

先ほどまでの落ち着いた女房ぶりはどこへやら、声がうわずっていた。ちょっと軽々しく聞きすぎたかな、と奉親は菅侍従に申し訳なく思った。

菅原家と聞けば、誰しも思い浮かべる人物がいる。

北野天満宮に祀られている菅原道真だ。

右大臣だった菅原道真が、左大臣藤原時平の讒言で左遷されて、大宰府で没した。そのあと、都でさまざまな災害が相次ぐ。人々は、菅原道真の怨霊の仕業だと恐れた。怨霊となった道真を鎮めるために晴明や光栄ら陰陽師も一役買ったので、奉親もよく知っている。

　最終的には、永延元年に一条帝によって北野天満天神の勅号が贈られ、怨霊の道真は神としての道真になったのだ。

　その家系であるとは、「元」怨霊の家系、あるいは「現」神の家系を名乗るようなものだ。自分だって、「あの」安倍晴明の孫なのかと好奇心のままに聞かれれば、返答に窮する。菅侍従にも複雑な思いがあったに違いない……。

「すみませんでした。私が軽率でした」

　と奉親が素直に頭を下げると、菅侍従がますます身を小さくした。

「いえいえ、そのようなことは。たしかに父は菅原道真の玄孫ですが、いまでは受領がせいぜいの中流貴族でございますから」

　消え入らんばかりの菅侍従の気をほぐそうと、奉親は微笑みかけた。

「そういえば、菅原家のお一人が、吉野にある龍門寺の扉に残る道真公真筆の横に添え書きをしてしまったとかありましたよね」

「……父です」重い沈黙。清涼殿を行き交う男女の喧噪が遠い。「しかも、下手な自作の詩文まで書き添え、失笑を買いました」

「それは――」奉親は扇で口元を隠したまま、視線を逸（そ）らした。

『扶桑略記（ふそうりゃっき）』治安（じあん）三年十月十九日の条に詳しく記されています……」

ずいぶん細かいところまですらすらと出てきた。

「…………」

「でも、家ではよい父親なのです」

扇からのぞく菅侍従の目が遠い空を見つめている。

外で鶯（うぐいす）の鳴き声が聞こえた。

どうにも彼女との会話は思いがけない方向へ転がる。何事もたいていそつなくこなす奉親にとっては新鮮だった。だが、こちらの方向で話を進めてもいいことは何もなさそうだ。

奉親はこれ以上、傷口に塩を塗るような会話は控えようと思った。

「そういえば、先ほどの占いの件もそうですが、菅侍従はいつも用件がまとまっていて分かりやすいです。私以外の陰陽師も、あなたのお話が上手で何をすればよいのか明確で助かると言っています」

「ああ、左様でございますか」

少し菅侍従に元気が戻ったような気がする。奉親が、これ以上この場にいてまたいらぬ話をしてはいけないと席を立とうとしたときだった。

源典侍（げんのないしのすけ）と呼ばれている年かさの女官がやってきた。後宮に仕えている年月も長く、媄子が女御となるときにもいちばん身近につけられた女官の一人だ。

　源典侍は扇で顔を隠したまま、無駄のない立ち居振る舞いで萱侍従と奉親の前に来ると、一礼して話しかけてきた。

「お話し中のところ、ごめんなさい。萱侍従、嫄子女御の文箱と硯の準備なのですが」

「それでしたら、命婦さまがご手配なさっているはずですが」

「その命婦が、萱侍従に聞いてくれとのことでしたので」

「ああ、左様でございましたか。その件でしたら……文箱は丹波国の職人の品が女御さまはお気に入りだったはずなので、私が手配します。硯は陶硯の一流の職人を存じ上げていますので、このあとすぐにご準備申し上げます」

「それと、中宮さまの局の御簾のことなのですが」

「今度中宮におなりになる嫄子さまの局の御簾でしょうか？　そちらであれば、本日すでにご手配申し上げていますが」

「いえ、現在の中宮さまの御簾のことです」

　当然とばかりに源典侍が居住まいを正した。

「あの、女御さまの身の回りでしたらすぐに分かるのですが」

「あなたなら、中宮さまの御簾のこともお詳しいのではないかと思いまして」

「……さすがに、買いかぶりでございますれば」

「よろしくお願いしますね」

菅侍従が気働きができて万事に器用な女房だとは、奉親も知っている。だから、ついつい頼りたくなるのかもしれないが……。いじめられているわけではないようだが、これは少しお気の毒に思う。

どこも気働きのできる人のところにしわ寄せがくるものだなと思いながら、奉親はその場をあとにした。

菅侍従の扱いにかすかな同情を禁じ得なかった奉親だが、彼も陰陽寮の入り口で先輩の陰陽師(おんみょうじ)に呼び止められた。

「やあ、奉親どの」

気安げに挨拶(あいさつ)をしてくる先輩だが、あまり親しくはない。

頭は月のように丸いのに顎(あご)がとても小さい。正面から見ると開きかけの扇のような顔かたちだった。もっともひどい言い方をすれば〝らっきょうをひっくり返したような頭〟とでも言ったところか。如才なさそうな顔つきの陰陽師だが、その如才なさがただの仮面だと〝身内〟には見抜かれているのに本人だけが気づかない、そんな人物だった。

「先輩もいまお戻りですか」

「ああ、藤原教通さまのところのお呼びだったのだけれども、まあ疲れたよ」

藤原教通とは藤原道長の五男である。その道長自身は、万寿四年に亡くなっている。

疲れを訴えて大仰に肩をたたいてみせる先輩に、奉親は後輩として愛想笑いの一つも浮かべてみせた。

「それはそれは大変でしたね」

「まあ、藤原家がらみの案件となると、おいそれとできる人も少ないからね」

険しい表情で言う先輩に、奉親は感心する。

「そうでしょうね」

と答えながら、奉親は先ほどの後宮からの依頼を忘れてしまわないように心の中で反芻していた。

奉親は思う。そのように軽々しく自分の奉仕先を明かしてしまうのが、この先輩の限界なのだ。奉親は内心冷ややかに見ていた。

陰陽師とは物事の陰と陽を見つめ、読み解き、味方には必勝の戦略を、敵には逃れられぬ陥穽を用意し、指し示すのが仕事だ。そのためには「名を秘す」ことがもっとも大事であると祖父・安倍晴明は何度も奉親の父・吉平に教えてきた。

陰陽師の名前がばれてしまえば、占の精度も傾向も全部分かってしまう。こちらの方が力のある陰陽師であれば、占の結果から予想される事態まで見切れるから、勝敗や吉凶を入れ替えてしまえるのだった。

そうでなくとも、占には自我を混ぜず、天意神意に素直である鏡の如き心が求められる。「自分がその依頼者を守っているのだ」と吹聴する心自体が鏡に曇りを作り、真実の像を歪めてしまう――。

「歴代の陰陽師でもっともそこに心を砕き、名利を捨てて使命に徹した方はただ一人。我が師・賀茂光栄なり」

光栄の名前を語るとき、晴明はうれしそうでもあり、深く敬意をはらっているようでもあり、何とも言えないよい顔をしたという。その教えは晴明と会ったことのない奉親にも引き継がれている。

奉親自身、さる藤原家の一員の私的相談役でもあるのだが、誰に仕えているかは兄弟にも話していない。「名を秘する」ことそれ自体が陰陽師のある種の奥義なのだ。しかし、この先輩はまだ心に落とし込むほどには修行が進んでいないようだった。火の粉が降りかかりそうなときには、うまく逃げる性格の人なのだが……。

今日はどうもそれだけではないらしい。

「少し、いいかな」

「はい」

陰陽寮の入り口から少しはずれると、先輩は声を潜めた。

「今回の依頼、少し困っていて」

「左様でございますか」

「依頼の内容がまったく分からないんだよ」

そういって先輩は顔をしかめ、本来、他言無用のはずの依頼内容を語り始めた。


ある三日月の夜のこと——。

藤原教通は宴の帰りに牛車に揺られていた。梅の香りが強くする。夜の闇が一段と濃く感じられるようだった。

「よい香りだ。ゆるゆると行こう」

濃厚な梅の香りを楽しみながら夜道をゆけば、若い頃、通った女の邸が近くにあったと、教通はふと思い出した。通ったと言っても本当にわずかな期間だったが、思い出してしまうと懐かしさに胸焦がれる想いがする。

「少し、寄ってみようか」

供の者に命じてその邸へ牛車を向かわせれば、女のもとへ通った日々が思い出されて心が浮き立った。

女の邸へついてみると、三日月の薄明かりにも土塀のこぼれているさまが映し出され、思わず涙が流れる。人を遣(や)って中の様子をうかがえば、かつての女が中年の女房数人と慎ましく暮らしていると言うではないか。教通はあはれに心を動かされ、歌を贈って自らの来訪を告げた。

女から、懐かしさをにじませる歌が返されるや、教通は女の邸へ忍んだ。まるで時が戻ったかのような夢のひとときだった。

かつてなじんだ女の肌の温かさが、若い日の情熱に火をつける。教通自身もあきれる思いだったが、自分の肌身に残る梅の花と女の匂いに、我を忘れた。

一度、火がつけば恋路は瞬く間に燃え上がるものだ。一度が二度となり、二度が三度となった。

しかるに、変事はそのあとに起こる。

四度目の夜だった。いつものように梅の香りを胸一杯に吸いながら、さっそく女の匂いを思い出していると、妙に女の邸が静かだった。

「誰(たれ)ぞある。筑前(ちくぜん)、筑前はいないか」と、なじみの女房の名前を呼んでも返事がない。

真っ暗な邸の中、供の者に灯(あか)りを持たせて歩いてゆけば、誰もいないではないか。それどころか御簾や几帳(きちょう)、文机(ふづくえ)など主立った調度品の類(たぐい)もなくなっている。何かあったのではないかと驚き恐れつつ、勝手知った臥所(ふしど)まで進むと、そこに白い紙があり、その上に妙なものが置かれていると気づいた。その妙なものはごく小さい小石程度の大きさだ。

「暗くて見えぬ。灯りを近(ちこ)う——」

灯りに照らされたのは鼈甲(べっこう)色に光る何か。

そこにあったのは季節はずれの蝉の抜け殻だったのだ。


話し終えた先輩が烏帽子(えぼし)の下のもみあげの辺りをかいている。

「この意味を解けと言うのだけど、さっぱり意味が分からない」

「ほう」

「話を聞けばたしかに不思議な話ではある。しかし、実際にあやかしや物の怪(け)を見たわけでもなし、どこから手をつけてよいものか」

「おっしゃるとおり、これはあやかしの怪事なのかも分かりませんね」

奉親が相づちを打つと、先輩の方はしたり顔をした。

「いやいや。あやかしの怪異なのだろうとは推定している」

「あ、そうでしたか」

「経験があるからね」

先輩陰陽師が若輩者を諭す目つきになった。奉親は恐縮する振りをして狩衣(かりぎぬ)の袖(そで)で口元を隠し、表情を読まれないようにした。

「されば、陰陽師として解決申し上げるだけですね」

「うむ。だけどいろいろ段取りがあってね。おぬしも安倍晴明の孫ならその辺の機微は知っていよう」

その言い方に気分が害される。私の名前は〝安倍晴明の孫〟ではない。

「はい」と奉親はおとなしく聞いているが、本音を言えば呪のひとつもかけてやりたくなってきている。「どのようにされるのですか」

「そこは妙技というか阿吽の呼吸というか」

「私、若輩者の陰陽師なれば」

と、奉親が頭を垂れる。ややすぼめた目が蒼く光るが、先輩には見せない。

「おぬしだけに特別に教えてやらないでもない」

「ありがとうございます」

「私一人でも解けるのだけど、衆知を集めるのも大事なのだよ」

「衆知、ですか」

すると先輩陰陽師は険しい表情を奉親に見せた。

「おぬし、この依頼を解いてみないか？　いい経験になると思うよ」

奉親は呆れた。何のことはない。奉親に体よく押しつけようとしていただけだったようだ。思わず力が抜けそうになる奉親を、先輩が睨むように見つめる。本人としては威厳ある行為のようだ。予想外の発言で相手の思考を止めたところにつけ込む程度の多少の眼力はあるようだった。

しかし、相手が悪い。相手への態度が悪い。奉親は手っ取り早く切り上げることにした。

「〝晴明の孫〟などという半端者ではお役に立てる自信はございませぬゆえ」

多少の意趣返しは許されるだろう。

「何を言っているのだね」先輩が慌てる。「あの安倍晴明の血筋なら陰陽師としては太鼓判を押されたようなものではないか」

「そうは申されましても、血筋は同じでも魂は別ですから」

ごく当然の理屈を突きつける。

「まあ、そうなのだが……」

「名宰相の血筋なら常に名宰相、悪人の血筋なら生まれつき悪人になるなどというのは、迷信以外の何ものでもありますまい。あくまで一人一人の人生です。これを認めなければそもそも陰陽道も御仏の教えも成り立ちません」

「うむ、うむ」

この先輩陰陽師、年下の奉親の言葉を大人物らしく頷いているつもりなのだろう。しかし、すでに奉親の気に飲まれているのを気づいていない。

「いずれにしても、先輩で手に余るのであれば私如き青二才では手も足も出ますまい」

お役に立てませんで申し訳ありません、と頭を下げて奉親は陰陽寮に入ろうとした。

「では仕方がない。奥の手を使うか」

先輩陰陽師の本当の奥の手を明かすようだ。これまでの傾向からして、本当に本人の〝奥の手〟かは疑わしい。多分に誰かの〝奥の手〟を頂戴したのではないかと奉親は思った。となれば、その〝奥の手〟を聞いてしまっても悪くないだろう。

「〝奥の手〟とは――？」

邪気のない眼で奉親は先輩陰陽師を見返した。先輩がにたりと笑う。

「実はな、ここだけの話なのだが」と、先輩が雫を逆さまにしたような形の頭を奉親の耳元に寄せた。「駆け込み処があるんだよ」

「駆け込み処、ですか」

安倍晴明の末孫たる奉親に断られて駆け込む場所となれば、兄たちのところか。しかし、先輩が言った先はその誰でもなかった。


その日の日没後、菅侍従はじめ後宮からの依頼を占い終えた奉親は陰陽寮を影のように抜け出た。

目指すは怪事難事変事を解決してくれる駆け込み処。

そこにいる人物は陰陽師でも密教僧でもない。ましてや男でさえない。

女性だという。

しかし、尼僧でも巫女でもない。紅の薄様の襲色目の衣裳を纏っているそうだった。

人呼んで「薄紅の姫」。

薄紅の姫は右京京外の広隆寺のそばの堂で、大量の書物に囲まれているという。

その書物群によって得た膨大な知識で怪事難事変事を解決するそうだ。

これだけでも十分変わっているが、薄紅の姫はさらに変わっている。

まず、会う時間が限られていた。

最初に訪れるときには午後でなければ会えない。夕方以降なら確実らしい。そのため、薄紅の姫はどこかに出仕しているのではないかと勘ぐった者もいる。しかし、下手に詮索した者はそばに控える武士につまみ出され、出入り禁止となったとか。

その時間に行っても、決められた合い言葉を知らなければ門前払いされるそうだ。

さらに、薄紅の姫は相談事の報酬に金銭は要求しない。お礼の品は「物語」か「紙と筆と墨」の類しか受け付けないという。

実に変わっている。

奉親は興味を持った。だから、先輩陰陽師から薄紅の姫の居場所から噂まで、彼が知る限りを聞き出し、案件ごともらい受けた。そもそも、このところ奉親が後宮に出入りしているのも、陰陽寮に命じられた仕事だけではなく、自らの占によるのだ。ある目的のために後宮に伝手が欲しかったからだし、後宮に入り込めるような知り合いの人間を作っておきたかったのだ。

「期待通りならありがたい話だが」

と、奉親は独り言を呟いた。

日が暮れ、広隆寺の周りは毛穴に染みこむほどに闇が濃い。ときどき風の音がするのもものさびしかった。

こんなところに女性がいること自体、なかなか信じがたい。

奉親が教えてもらった場所へ行くと、地の底から響いてきたかと思われるようなものすごい声がした。

「物語の出で来始めの祖は何か」

陰に籠もった野太い男の声だ。歌を詠む貴族の声とは似ても似つかぬ、野生の熊か猪のような声だった。星明かりに巨大な黒壁のような大男の姿がかすかに見える。わずかに腰を落とし、両手を左腰に寄せていた。いつでも刀を抜けるぞと威圧しているのだ。

どうやらこれが、聞いていた合い言葉の確認らしい。

「竹取の翁」質問に答えるならこれで正解だが、あくまでも合い言葉。続きがある。「されど、源氏こそ奇跡なり」

奉親は儀式の祭文を読むように細くまっすぐに答えた。大きな声ではないが、一筋に闇を裂いて通る声になっているはずだ。

大男の影が動く。門扉がゆっくり開いた。

「ようこそ、『千字堂(せんじどう)』へ――」

闇夜の中、奉親は誰にも見えないのをいいことに口元をほころばせる。しばらくぶりに心から楽しげな笑みだった。後宮に深く食い込めるくさびがほしい。そう思っていた奉親にとって、これから出会う薄紅の姫こそ、思いがけない拾いものとなる――そんな予感がしていた。

序ノ二　源氏、愛でる姫

「竹取の翁――されど、源氏こそ奇跡なり」

　夜闇を切り裂いて透き通った若い男の声が、薄紅の姫の耳に入った。珍しい。珍しいから気持ちだけ軽くそちらに向けた。

　しっとりと肌身をやさしく撫でる春の夜、呼吸さえも忘れてある物に耽溺して時を過ごしているのに、外部の何かが自分の心を揺らすなんて。

　それほどまでに薄紅が耽溺している対象は何かと言われれば――物語だった。

『在中将』『とほぎみ』『せりかは』『しらら』『あさうづ』など、愛して止まない物語はたくさんあれど、ただひとつを挙げろと言われれば間髪を容れず答える。『源氏物語』五十余巻である、と。

　薄紅の姫という呼称は自分でつけたのではない。この「千字堂」に籠もるときにはいつも紅の薄様の襲色目を身につけているので、来客たちが勝手にそう呼んでいるだけだ。最近は多少気に入ってきているけれど――。

薄紅の姫は白い肌をしていた。三十歳という齢だが、広くなだらかな額に整った顎の線をしている。その頬がいまは興奮で熱く火照っていた。やや小ぶりの鼻に柔らかい頰に桜の花の薄紅のような唇がある。

十四歳の頃に伯母からもらった『源氏物語』は大切に大切に読んでいた。もう何回読んだか、覚えていない。数十回は読み返しているだろう。十数年の年月を経て角が丸くなり、めくった指のあとが残っている。それでもなぜか新しい写本を求める気にならなかった。

廊下を渡ってくる足音が複数聞こえる。門番をしてくれている武士の清水義盛が、先ほどのよく通る声の持ち主を連れてきたのだろう。

「どんな方かしら」

できれば自分のように物語を愛してくれる人だとうれしい。いまこの堂の諸事を取り仕切ってくれている阿波のおもとみたいに。

「ああ、それにしても」

本当なら今日は順番として「柏木」を読んでいるはずだった。しかし、今日は昼間の疲れを癒やすために特に自分が好きな箇所ばかりつまみ読みしている。

「若紫」に描かれた幼い若紫のかわいらしさ。

「葵」にある年上で誇り高い女性だった葵の上が最期に見せた心の交流や六条御息所の生霊の恐ろしさ。さらには光源氏と結ばれて若紫から紫の上へと変身していく少女の額の汗の描写――。

『源氏物語』――尊い……」

熱いため息をついて書物を抱きしめる。夜は御簾の灯りのせいで向こう側から薄紅の影が丸見えだと阿波のおもとに叱られるが、それはそれ。この「千字堂」にいるときに、どうして他人の目を気にしなければいけないのか。私は「千字堂」の主なのだから。

特にこの御簾の中には私の大好きな書物をうずたかく積み上げている。ほとんどは物語だが、他に歌集もあれば風土記の類もある。これぞ私の宮殿なり。

御簾の向こうで足音が止まった。灯りが灯される。

「姫さま、お客さまです」

と義盛の声がした。ついで、床を布が擦る音がして、若い男の声がした。

「お初にお目にかかります、薄紅の姫さま」

その声を聞いて、思わず『源氏物語』を取り落としそうになった。

安倍奉親ではないか。

何をしに来たのか。

まさか、私の正体を知って――。

いやそれはない、大丈夫だ、と薄紅は自分に言い聞かせた。

あちらからは御簾の向こう。これまでだって誰にも気づかれていない。ここではいつだって、普段より取り繕った声色を出していたからだった。

とにもかくにも――目の前の陰陽師にどう早く帰ってもらうかだ。

薄紅の姫は深く深く何度も呼吸を繰り返した。

自分は、『源氏物語』に出てくる明石の上だと心に言い聞かせる。たとえ須磨という辺鄙な地でも美しくまっすぐ咲き誇っていた明石の上を演じるつもりで、声を出すのだ。

「初めまして。このような京外の地へ誰かがお越しになるとは意外なことでございます」

「はい。私も期せぬことでしたが、ある人物からご紹介いただきました」

当然だ。広隆寺に参詣してふとこの堂に立ち寄ろうとしても、合い言葉を知らない人間は中には入れない。合い言葉はたった二人にしか教えなかったのだが、広まってしまっている現状が少し悩ましい。

こっそりと御簾の隙間から相手の顔を確認した。絶望的に安倍奉親本人だ。

仮病で奥へ下がってしまおうか。しかし、それではいくら何でもあやしすぎる。むしろ、正面から受けて立つしかない。

ならば、こちらから――。薄紅は咳払いをした。

「それはそれは。これも前世からの因縁かもしれませんね。それで、陰陽師であるあなたがいかなる御用向きでお越しになったのでしょうか」

御簾の中だが、気品ある明石の上を演じるために薄紅は衵扇で口元を覆っている。

とはいえ、早く会話は切り上げたい。ぼろが出るのを避けたい気持ちもあるが、何より陰陽師の相手をするのが問題なのだ。陰陽師が物語談義のために訪問したことは一度もない。たいてい、薄紅の命ともいえる物語を読む時間を奪いに来るだけなのだ。

「よく私が陰陽師であると分かりましたね」と、奉親が驚いている。「もしかして、私がここに来た理由もある程度察していらっしゃいますか」

「ぼんやりとではございますが」

すると、奉親が背筋を伸ばした。

「実は相談事がございまして」

「はい」

どうか簡単なお話でありますように。『源氏物語』に浸るひとときを私にください。

「奇妙な事件なのですが……」と話しかけた奉親に、薄紅は待ったをかけた。

「まことに恐縮ですが、私はただの女性に過ぎません。あまり頼られても――」

本当は本を読む時間が一瞬たりとも惜しいのだ。それだけ今日は疲れていた。まずは、私に癒やしを――。

「報酬は『源氏物語』についてのとても貴重な、父から伝わる品を提供します」

「……………」

薄紅が押し黙る。御簾の中の灯りが音を立てて揺らいだ。

「いかがでしょうか」奉親が床に指をついて軽く頭を下げるようにする。

「そのようなものを示されたのなら、薄紅の名にかけて引き下がるわけには参りません。どのようなご相談事でしょうか」

薄紅がそう言うと、頭を上げて背筋を伸ばした奉親が少し目を丸くした。

「そんなにあっさり信じてくださるのですか」

「ええ。それとも嘘をおつきでしたか」

「いや、そのようなことは」

「嘘だった場合にはそこの義盛があなたを追いかけ回します」

「……怖いですね」

「でしょう？　安倍奉親さま」

名前をずばり言われた奉親が檜扇で口元を隠した。

「なぜ、私の名前を」

もとより存じ上げておりますから……とは言わない。言わないし言えないが、声以外にもそう断ずるだけの根拠は持ち合わせていた。

「御簾の合間からちらりと拝見しましたそのお顔。ものの本にある安倍晴明にそっくりです。現在の安倍家の若い男性となれば、安倍晴明の孫の方々でしょう。あなたのご年齢はおそらく二十歳前後とお見受けします。そこから、もっともお若い安倍奉親さまに行き着いたというわけです」

「なるほど」と、奉親が短く頷く。御簾の隙間からふと垣間見た奉親の笑みに——そして、まるで笑っていない彼の目に——、薄紅の姫はひやりとした。

　やはり、と薄紅は思った。後宮での立ち居振る舞いや女房たちの噂話から、奉親が〝安倍晴明の孫〟として扱われるのが嫌いらしいと推測していた。だから、薄紅は後宮でそのような話題を振ったことはない。

「奉親さまの父となれば安倍晴明の子である安倍吉平さまでございましたね。『源氏物語』にかかわる珍品を持っていてもおかしくないでしょう」

「陰陽師顔負けの洞察ですね」

「ふふ。古今東西の物語などいろいろな書物を読んでおりますから」とはいえ、『法華経』などの経典はいまいち苦手だけど。「それでは改めて。——どのような相談事か、お話しくださいませ」

「ありがとうございます」と頭を下げて、奉親が先輩陰陽師から聞いた話を告げた。

　話を聞き終えた薄紅は祖扇を閉じて、中空を見つめてつぶやいた。

「『空蟬』——」

「え？」と聞き返す奉親には答えず、薄紅は膝行して『源氏物語』の書物の山の中から、一冊を取り出した。薄紅はその中に書き記された歌を詠み上げる。

空蟬の　羽におく露の　木がくれて
　しのびしのびに　濡るる袖かな

「その歌は――？」

「『源氏物語』にある歌の一つでございます」

「蟬の抜け殻……邸に残されていたものですか」

奉親が驚きの声を上げる。奉親の横では、熊も裸足で逃げ出しそうな顔つきの義盛が熱いため息と共に洟を啜っていた。

「ときに奉親さまは『源氏物語』をお読みになったことはございますか」

「いえ、ございません」

「左様でございましたか。もしお読みになられていたら、いまの私の歌でも感じるところはあったかもしれません。……隣にいる義盛のように」

見れば義盛は涙を拭いている。これまで黙っていた義盛が奉親に言う。

「奉親どのはいまおいくつでいらっしゃいますか」

「二十歳です」

「二十歳ですか。その頃の私はまだまだただの野蛮な武士に過ぎず、身体を鍛えることだけに日々を費やしていました。ああ、もし私が二十歳の頃から『源氏物語』を読んでいたら、この人生はどれほど潤いに満たされたでしょうや」

熊のような外見の義盛が切々と訴えるように言う。

「人生の潤いとは……。義盛どのと『源氏物語』の出合いは、とても貴重なものだったのですね」

「義盛だけではありません。私にとっても同じことでございます。ああ、ということは、今後、奉親どのは一から『源氏物語』に触れられるのですね」

「はい」

すると、薄紅の声がきらめくように弾んだ。

「それはそれでとても素晴らしいではありませんか。膨大な『源氏物語』には数多くの人生がひしめいています。喜びも悲しみも、美しさも醜さも、現世のあらゆる人の心と営みが描かれているのです」

「とても貴重な物語なのですね。普通、物語というと眉につばをして聞きたくなるような荒唐無稽な話ばかりですが、そのように深い内容を持っているとは……」

奉親が神妙に応えると、隣の義盛が身を乗り出すように語りかける。

「ただ深いだけではありません。深く、豊かな物語なのです。奉親どの。私は『源氏物語』と一緒なら死んでも構わないと思っているくらいなのです」

「ああ……それほどまでに」

奉親が声に深い感嘆の色を込めて頷いてみせた。

「ゆえに、私は二十歳の若さでこれからまっさらな気持ちで『源氏物語』に向き合える奉親どのが……どこかうらやましい」

と、義盛がまたごつごつした拳で目を拭うと、奉親が小さく頭を下げる。奉親は御簾に向き直った。

「薄紅の姫さま。私はまだまだ若輩の陰陽師。できますれば、私にも『源氏物語』の何たるかをご教示いただけないでしょうか」

薄紅の姫は思わず唇が緩む。

「何とうれしいお言葉でしょう。共に『源氏物語』の素晴らしさを語り合えたら素敵でしょう。ただ、残念なことに『源氏物語』の魅力のすべてを私も語り尽くせる自信はないのです」

「左様ですか」

「ええ。ほんの少しでしたらお伝えできるかと」

「ぜひ、よろしくお願いします」と奉親が丁寧に一礼した。

薄紅は内心で感激していた。これまで「千字堂」にやってきた陰陽師や密教僧その他の者たちは、自らの抱えた問題や事案で手一杯だった。一方的にやって来て、一方的に自分の用件だけすませて去っていく。薄紅の姫が、『源氏物語』の素晴らしさを語っても、慌ただしく日常に消えていった。

しかし、この奉親は違うみたいだ。

ひょっとしたら、気まぐれに興味を引かれただけかもしれないし、あるいは本気で『源氏物語』を読みたいと思ってくれたのかもしれない。だが、薄紅には気まぐれの興味だけでも、うれしかった。かつてお釈迦（しゃか）さまも最初の弟子は五人だったというではないか。『源氏物語』の新しい理解者が一人増えるだけでも幸甚というものだ……。

「ええ。ときに奉親どののご相談に戻りますが――それにしても、奉親どのが話された女性の心ばえの何という美しさでしょう」

薄紅の姫が感じ入っている。その声に、義盛が何度もまた頷いていた。奉親は義盛に顔を向ける。

「あの蟬の抜け殻に託された女性の気持ち、そのように美しい何かがあるのですか。義盛どの、私にも教えてください」

すると義盛は頭を何度も横に振った。

「私は言葉にするのが苦手なのです。何となくは分かるのですが、詳しくは姫さまにお聞きになった方が間違いないでしょう。しかし、蟬の抜け殻――空蟬を置いていくとは」

と、また感じ入った涙を流す義盛に代わって、薄紅が謎解きをし始めた。

「先ほど、私が諳んじた歌、覚えていらっしゃいますでしょうか」

そう言って薄紅の姫はもう一度、同じ歌を声に出して詠んだ。

空蟬の　羽におく露の　木がくれて
　しのびしのびに　濡るる袖かな

「この歌が記されているのは『源氏物語』の帖の一つ、『空蟬』——『蟬の抜け殻』という名を持った巻なのです」

「蟬の抜け殻、ですか」

奇しくも女が残していったものと同じ名前の帖である。奉親がかすかに目を細めた。

「このことを知っていれば——謎の半分は解けたと言っても過言ではありません」

薄紅の姫が衵扇で口元を覆って小さく笑う。

「姿を消した女性も、『源氏物語』がお好きだったのですね」

「いまの女房女官たちで『源氏物語』に何らかの形で触れていない人は少ないのではないかと思われます」

「ああ、なるほど。女房女官がたとお話をする際にも、『源氏物語』を知っているかどうかは大事なのかもしれませんね」

素直に反省するように、奉親がため息混じりに言う。薄紅の姫は少し慌てた。かつてこんなにも作品に誠実に関心を寄せてくれる若者がいただろうか。

「いえいえ、そんなにご自分を責めるようになさらないでくださいませ。これから一緒に『源氏物語』を読んでいきましょう」

「ありがとうございます」

いちいち丁寧に頭を下げる奉親の口元が、愉快そうに緩んでいた。笑っているのか、と思って目を見返すと、妙に強い目をしている。何の脈絡もなく、慇懃無礼という言葉が薄紅の心に一瞬だけ浮かんで消えていった。

奉親の横で義盛が深く頷いている。

「それで、肝心の『空蟬』の内容なのですが――」

「はい」

薄紅の姫は丁寧にやさしい声で語り始めた。

「空蟬という女性は元は上流貴族の娘でございました。しかし、空蟬は父が死んだことで受領の後妻という身分に零落し、己が境遇を恥じていたのです」

「不憫な……」

「そこへ光源氏が現れます。若い光源氏は興味本位で空蟬のもとへ忍び、空蟬の方もほだされて情を通じてしまったのです。けれども、空蟬は聡明でした。光源氏に惹かれながらも彼女は光源氏との逢瀬を身分違いの恋として自らの気持ちを整理し、以後は光源氏の誘惑になびかなかったのでございます」

「何と――」と奉親が感心したような声を上げる。

そうなのだ。空蝉という女性の魅力は、人々の憧れである光源氏との恋に自ら決着をつけられる賢さにあると薄紅の姫は思うのだ。

「光源氏が、空蝉に対して、もう一度会いたいと歌を詠んだのですが、その光源氏の歌の横に書き付けたのが先ほどの歌です」

空蝉の　羽におく露の　木がくれて
　しのびしのびに　濡るる袖かな

――蟬の抜け殻の羽におりた露が、木に隠れるようにあなたのことで思い悩み、人目を忍んで涙している私です。

蟬の抜け殻一つ残して去っていった姫も、この歌を口ずさんだかもしれない。

黙って姿を消せばいいものを、季節外れの〝蟬の抜け殻〟なんて謎かけを残していく女心を、未練と笑うか、あはれと思し召すか――。


男の思いがけない訪問は、女にとってもうれしい出来事ではあった。

若き日の、熱情のままの恋の日々を思い出しては、昼間、小娘のようにはにかんでいる。

男も時の流れに年は取ったが、年相応の落ち着きが出てきて、いっそう好ましく思えた。

もし、あのとき、あのまま二人の関係が続いていたらどうなっていただろう。

『源氏物語』を読みながら、このような話は文字通り夢物語だと思っていたけれど、まさか自分の身に起ころうとは。

けれども――夢の時間は過ぎゆくもの。目覚めなければいけない。自分も、男も。

ただ、その夢の時間がとても愛おしくて――。

あなたにとって、私はそのような夢の時間となりましたか？

答えはない。目の前にいるのはあなたではなく、小さな蟬の抜け殻だけだから。

自分は、光源氏との恋からすっぱり身を引いた〝空蟬〟にはなれないな……。


そんなかすかな自嘲と涙を残して、邸を去っていく長い後ろ髪が、薄紅の姫の脳裏に浮かんで――消えた。

薄紅の姫の話を聞きながら、奉親が感じ入ったように唸る。

「なるほど……。ところで、薄紅の姫さま。『源氏物語』の空蟬はその後どうなったのですか」

「やがて夫に従って都を去りました」

「何と——しかし、これまでの行動を考えれば、そうなって当然なのか……」

薄紅の姫は口元がほころんだ。奉親はとても筋がよい。

「要するに〝身分違いの恋はここまでです〟というお別れの挨拶だったのでございます」

「そうでしたか」

薄紅の姫が祖扇をぴしりと閉じた。

「以上でお分かりの通り、あやかしの仕業ではございません。その姫も『源氏物語』をよくお読みになっていらっしゃったのでしょう」

勘ぐれば、『源氏物語』を愛読していたために身分違いの恋に手を出してしまったとも見えなくもない。だとしたら、紙に書かれた黒い墨の文字の羅列が物語という形になったときに女の人生を変えてしまったわけで——恐ろしさもあいまって、ますます『源氏物語』の蠱惑的な魅力から逃れられなくなってしまう。

薄紅が言葉を切ると、義盛が尋ねてきた。

「しかし、姫さま。『空蟬』にならうなら、小袿一枚を残しておくべきではなかったでしょうか」

「小袿一枚？　どういう意味なのですか？」と奉親。

薄紅の姫はそっと微笑んだ。

「『源氏物語』ではそんなふうに書かれているのです。空蟬が再び忍んできた光源氏を拒むときに、慌てた空蟬は小袿一枚を残して逃げ去ってしまいました、と」

「ほう」と奉親は感心したようだったが、薄紅は違うことを言った。

「けれども、このとき、光源氏は空蟬と間違えたとはいえ、空蟬の義理の娘である軒端の荻と契りを結んでしまったのです。ですから、小袿一枚残していくのであれば、他の女性と契りを結ぶ結末を再現してしまいます。それでは、姿を消した女性にとっては辻褄が合わなかったのではないでしょうか」

「ああ、なるほど」と義盛が額を叩いた。

「いろいろ教えていただき、ありがとうございました。これで謎が解けました。しかも『源氏物語』の一節にも触れることができ、大変興味深くお話をお伺いしました」

奉親が頭を下げると、薄紅は再び衵扇を開いて含みのある笑いをした。

「ふふふ。お役に立てたらうれしいです。しかし——果たしてこれですべての謎が解けたかどうか、この薄紅にも確証は持てないのです」

「と、おっしゃいますと？」

「その邸の女性、ひょっとしたら空蟬と同じくすでに夫がいたのかもしれません」

そう指摘されて若い奉親は目を丸くしてみせた。

「本当ですか」

「ここから先はあくまでも私の推測、いえ、『源氏物語』好きの妄想です。ただ、光源氏から身を引いた女性は、空蟬以外にも何人か登場するのでございます」

「空蟬の、身分違いの恋に自らをなぞらえた、というお見立てでしたが」

「それが、空蟬を引いてきたいちばんの理由だと思います。しかし、身分違いの恋というだけなら他の女性でもよかったはず。あえて空蟬にしたのは、空蟬が夫を持つ身だったからではないかとも思えるのです」

だとしたら、かの姫もすでに別の男が夫として通っている身だったかもしれない。

「なるほど」と奉親が笑みを漏らした。目を鋭くした口の端だけの笑みは、これまでの彼の印象からは急に冷たく感じられた。いくつもの印象が薄紅の中で入り交じり、奉親という若者の焦点がぼやけてくる。その奉親は、通り一遍の推測を超えて、さらに深く深く穿ち入ろうとしている薄紅の姿勢に、興を持ったようだった。

「――他にもあります」

「何と」奉親の笑みがさらに広がる。

『空蟬』の巻の頃の光源氏はやや傲慢な貴公子でした。そんな光源氏にとって、自らの誘いを拒絶した空蟬は、逆に心に残る女性になったのです」

「ふむ」と頷いている義盛だが、薄紅の言わんとするところは分からないようだ。

「あら、義盛には分からないかしら。——その邸の姫は、蟬の抜け殻を残して去ることで、空蟬のようにその方の心に忘れられない爪痕を残されようとしたのかもしれない……そんなふうに私には思えるのです」

後半は奉親に言葉を向けていた。

「——なるほど。あなたはいとをかしな姫だ」

奉親の声に喜色が混じった。単純な喜びではない。まるで、碁を真剣に打ち合ったあとの、楽しい戦いだったと振り返るようなやや複雑な喜びを感じさせた。

やはり、この奉親という男、底が見えない——。

「『源氏物語』を読んでいなければ意味が分からない蟬の抜け殻を置いて去っていく姫でございます。教養深く、同時に自らの聡明さをきちんと把握している、そんな女性に感じました。その自分の本当の姿を男にも伝えようとしていると思うのです」

「実に、をかしき話ですな」

「一度捨てられて忘れられた女が、今度は自分から去ることで、相手の心にいつまでも残ろうとした。ひょっとしたらこれは、姿をくらませた女の、せめてもの復讐だったのかもしれません」

「…………」

　奉親は、薄紅の姫の話を聞きながら、落ち着いた表情で視線を中空にさまよわせている。薄紅の言葉を味わっているようにも見えた。

　薄紅の姫は、傍らの脇息に静かにもたれる。

「まあ、この辺りは先ほども申しましたように私の妄想に過ぎません。真実はその女性と、お相手の貴族の心の中にしかありません」

「たしかに」

「物語も同じです。読み方はいくらでもあって、そのどれもが正しいようで――本当のところは登場人物の心の奥にしかないのです」

　ひょっとしたら――作者でさえ、登場人物の心の真実を見切れていないときもあるかもしれない。

「薄紅の姫のみならず、多くの方が『源氏物語』を深く愛されている理由が分かった気がしますね」

「そう言っていただけると、とてもうれしゅうございます」

　嘘ではなかった。心の片隅で『源氏物語』読みが一人増えるなら、出仕を一日休んで話し込んでも構わないと思う。

ただ、この若者からはそれだけでは済まない何かが感じられた。素直な若者に語って聞かせたつもりで、まるで彼が望むように手の平の上で謎解きをさせられたような——？

「これまで読まないでいたのが何やらもったいない気がしますな」

「左様でございますか」

「しかし……相手の貴族が『源氏物語』を読んでいるかどうか——」

奉親が困ったような顔をすると、薄紅も腕を組んでまた頭を働かせた。

「そういう場合はたしかにやりにくいかもしれませんね。ああ、もし『源氏物語』をお読みであったとしても、依頼主が深い事情に踏み込まれるのがお嫌な方の場合もありますね」

「ええ」

「その場合は、お手数でしょうが、一計を案じてください」

「一計、とは——？」

「たとえば……陰陽師として、その女性がいなくなった日の暦や天文を調べていただいて、もっともらしくご報告なさるとか、いかがでしょうか」

薄紅の姫の発言に、奉親は笑い声を上げてしまった。

「ははは。薄紅の姫さまというお方は実に大胆であられる」

「左様でございましょうか」

そう言うと、御簾の中の薄紅は衵扇で顔をあおぐ。

「薄紅の姫さまは陰陽師の才能もあるかもしれない」

「物語とはしょせん、楽しい嘘の集まりかもしれません。けれども、それが人の心を救ったりすると私は信じています。そうであれば、物語はときとして陰陽師の呪や僧の説く御仏の教えに匹敵する力があるかもしれない。──さ、私の話はおしまいでございます」

薄紅の姫は背中を丸くした。奉親の調子に飲み込まれて話しすぎたかもしれない。この「千字堂」にいるときの彼女にしては珍しいことだった。

しゃべりすぎを反省している薄紅の姫は、彼女の言葉に対して、奉親が目を光らせた気配に気づかなかった。

「本日はありがとうございました。次回はお礼の品を持参しますので、また『源氏物語』について教えてください」と奉親が御簾越しに礼を言う。

「もし時間があれば、再訪の日程は、四日程度のちでよろしいでしょうか」

「くくっ。構いません」

薄紅の姫は、奉親の笑いに得体の知れないものを感じたが、「──それでは、お待ちしております」とだけ言って頭を下げる。

すると、仁王のような義盛が立ち上がった。

「それでは奉親どの、外へお送りします。ときに姫さま」

「何かしら？」

「いまのやり取りで、今夜は『空蝉』を読み返したい気分なのですが……」

「もちろんお読みなさいな。今日の私は『若紫』『葵』に浸ってるつもりですから」

「はいっ。ありがとうございます」

　奉親が思わず振り返るほどの明るく晴れやかな声を義盛が発した。

「あなたがた主従はずいぶん変わっている……。興味深くてなりません」

　と独り言のように奉親が呟くと、御簾の端から袙扇で顔を隠した薄紅の姫が身体半分だけ覗かせた。

「主従などではありません。この『千字堂』に集う、物語を愛する友です」

　薄紅の言葉に、義盛が慌てたような声を発する。

「とんでもないことでございます。この義盛はあくまでも、この『千字堂』では姫さまをお守りする駒に過ぎませぬ」

　二人のやりとりに奉親は一瞬にやりとしたあと、含みのある声色で礼を述べていた。

「薄紅の姫さま、物語を楽しむ貴重なお時間をいただき、ありがとうございました」

　奉親の足音が遠ざかると、薄紅の姫は読んでいた帖を手元に戻し、物語に耽溺していく。

　物語の海にどっぷり浸かっていくにつれて、先ほどの奉親の相談事や今日の後宮でのあれやこれやが心の中に去来する。

今日はずいぶん働いたと思う。いや、今日もずいぶん働いた。

後宮での勤めは嫌いではないけれども、なぜ源典侍（げんのないしのすけ）さまは、ああも都合よく物事を忘れるのか。他の人が準備する品々の調達だけではなく、そもそも担当ではない禎子（ていし）中宮さまの身の回りのことまで振られるとは思ってもいなかった。さすがに自分もそこまで手を打っているわけではない。

とはいえ、禎子中宮さまの身の回りの品をあだやおろそかにするわけにいかない。本当に肝が冷えた。

この時代、貴族の仕事は昼には終わりだった。あとは蹴鞠（けまり）に歌会その他、遊びの時間なのだ。ただ、何事も例外はある。都を守る検非違使（けびいし）が昼以降いなくなっては問題だし、先ほどの奉親のように占に必要な星の運行を読む陰陽師たちも夜でなければ仕事にならない。

後宮のあれこれをお支えする女房たちだって、夜の当番はある。夕餉（ゆうげ）を調える女房たちや夜の物語の相手をする女房は昼になったので帰るというわけにはいかない。

しかし、今日の薄紅は昼でおしまいの予定だった。

ここ数日の忙しさを、『源氏物語』に浸って癒（い）やそうと思っていたのだ。

せめてもの自分への〝ご褒美〟。

それが――あれやこれやで夕刻になった。

もう少し付き合ってほしそうな源典侍さまのもとから、昼で上がる予定だった同僚数人でこっそり退出したのは申し訳なかったかもしれない。けれども、そうしていなければ奉親の訪問に応えられなかったのだから、かの〝空蝉〟の女に免じて許していただこう。

それにしても、あの安倍奉親という陰陽師――。

今日も後宮で――〝薄紅の姫〟としてではなく、昼間の顔である〝菅侍従〟として――会ったけれども、こうして対すると年不相応の落ち着きのような、底の知れない何かを感じた。『源氏物語』にはいなそうな人物だった。

ところで、奉親は昼間の依頼をちゃんと占ってくれただろうか。そうしてくれないと大変なのだ。自分のするべき務めは忘れても、薄紅に言いつけた内容は覚えているのだから、あの源典侍さまは。

薄紅の姫が『源氏物語』を静かにめくる音が響く。

やがて、薄紅の姫は温かい物語世界へ心を委ねていった。

今日なされた奉親との出会いが、これから大きな変化をもたらすとは、当の薄紅の姫も気づいていなかった。

なぜなら――どの物語の中にもそんな話は書かれていなかったのだから。

第一章　誰がための桐壺

都の中心、帝のおわす内裏は陽光みなぎり、見上げた空は冷たい空気の中にも強い日射しが降り注いでいた。

「よいお天気ですこと」

後宮の廊下を歩きながら、衵扇で口元を隠しつつ、〝萱侍従〟――薄紅の姫は小さくあくびした。周りに人がいないかは確認してある。このような無作法が見つかれば、上役である源典侍にこっぴどく叱られる。

それ以外にも、薄紅にはいろいろ気を使わなければいけない点があった。

「あくびを怒られた挙げ句、何でそんなに寝不足なのかとか詰問されると弱いですもの」

適当な言い訳で見逃してくれる相手ではない。機嫌が悪ければ徹底追及され、薄紅の〝秘密〟に辿り着くかもしれないのだ。

その〝秘密〟とは、言うまでもなく昼間の〝萱侍従〟に対するもう一つの顔にして、彼女にとっては本来の顔といえる薄紅の姫としての活動だった。

とはいえ──。

「先日の奉親さまの持ってきた相談事は、物語のようでいとをかしでした」

奉親が帰ってから、事の次第を名を伏せてその場にいなかった阿波のおもとにも教えてあげたら、大いに興を覚えたようだった。阿波のおもとも相当な物語好きだ。空蟬を残した女の気持ちと『源氏物語』の内容についての比較を語ってやまない。義盛も加わり、当然、薄紅も入った。談義は大いに盛り上がって、結果として二晩ほどまともに寝ていない。

だけど──楽しい。

素晴らしい物語があること。その物語を読めること。読んだ別の人と意見を交換すること。世にこれほどの悦楽があろうか。否。断じて否。──そう薄紅は思っている。

こういう喜びがあるからこそ、後宮の勤めもがんばれる。

いや、後宮での勤めがあればこそ、物語を楽しめるのだ。

何しろ後宮は『源氏物語』の舞台であり、物語が執筆されたあらゆる出来事の源泉──そう思えばまた違った目で見えた。

もちろん、それだけではない。薄紅一人の想いを遥かに超えて後宮は大きく、また大事な場所だからだった。

内裏における後宮は、皇后・中宮以下、帝の后たちが住まう女たちの宮殿だ。具体的には『大宝律令』に七殿五舎として定められている。

もっとも格が高いのが弘徽殿。

『源氏物語』を愛読している薄紅は少なからず衝撃を受けた。弘徽殿の女御といえば、光源氏をことあるごとにいじめる嫌なお后だったからだ。

ところが、現実には帝の寵愛厚い、麗しき禎子内親王さまがいらっしゃる。嫌なお后どころか、気品に溢れた素晴らしい方で、現実と物語の違いに衝撃を受けたものだった。もっとも、そのような弘徽殿の主と身近で接するほど、薄紅は女房としての格が高くない悲しい現実もあったけれど。

他にも、『源氏物語』で藤壺の別名を持つ飛香舎や、桐壺こと淑景舎がある。出仕し始めた頃は『源氏物語』の中に自分が入り込んでしまったようでどきどきした。

鶯がのどかに鳴いている。出仕している局に近づくにつれて女房女官の行き来が多くなった。意識を物語世界から現世に戻さなくては……。

後宮には後宮十二司という女官たちが働いている。もともと内裏は帝の私的空間として、男たちがあまり踏み込む場所ではなかった。後宮はさらにその奥にある。だから、男は憚られ、女官たちで取り仕切っていた。その務めは、呼び名の通り十二の分野がある。もっとも重要な役目は帝に近侍して諸事を取り次ぐ内侍司。更衣や女御に進めない家柄ながら、帝のそばに近くにお仕えしたい女性たちが狙っている働き先だった。

しかし、薄紅はまったく興味がない。

帝のそば近くにはべる気の休まらない務めに、自分が耐えられると思っていない。それよりも、かなうなら書司になりたい。内裏の文房具や書物を一手に管理する務めだからだ。

そのとき、安倍奉親が占いの結果を持ってきたために思索は中断され、薄紅が取り次ぎに出た。

このような取り次ぎは女房の重要な仕事だ。

特に、帝周りの女房たちが、帝や院の意向を仮名書きにして当事者に渡す手紙は、女房奉書と呼ばれている。帝の宣旨という最重要事項を運ぶ役目が、この時代の女性たちに委ねられていたのだった。

帝や后たちが生活すると共に日常の政務を行う清涼殿に出てくると、一挙に男性官人の姿が増える。薄紅は衵扇でしっかり顔を隠す。親族や夫ならざる男に顔を見せるのは、裳着を済ませた女性にはあるまじきこととされていた。

それとは別に、いまの薄紅は若干緊張している。

いままでも、「千字堂」に来た人間が後宮に何かの用事で現れたことはあった。

みな「千字堂」での相談事は後宮とは関係なかったし、多少なりとも時間を空けてから再会している。そのため、どの者も〝萱侍従〟の正体に気づくようすがはなかっただろう。

奉親の相談事も後宮がらみではなかったのだが、会って間もない。薄紅は地味な衣裳の下で冷たい汗をかいていた。宮中では「千字堂」での紅の薄様のような鮮やかな衣裳は身につけていない。あくまでも一女房として目立ちすぎないよう、梅重(うめがさね)の襲(かさね)色目の中でも落ち着いた色合いと布地のものを纏(まと)っていた。

大丈夫。普段とは衣裳も薫香も違いますし、扇で顔を隠しているので、気づかないはずだ。

それでも、もし万が一正体がばれたら……という不安が頭をもたげる。

京外で別邸のような「千字堂」を構え、山のような書物とともに毎日毎日物語を読み耽っているこの生活。私の知る限り、そんなことをしている女房はいない。ばれてしまったら、はしたないと後宮を追い出されるかも。それはいけない――。

薄紅の葛藤(かっとう)などつゆ知らぬ顔で、奉親が清涼殿の一間に座って待っていた。

精悍(せいかん)な美男子ながらまだ首の細い奉親が、占いの結果を記した手紙を薄紅に提出する。

「こちら、女御さまからご下命のありました占の結果を書いてあります。内容はお読みいただければ分かると思います」

「ありがとうございます」

薄紅がほっそりした指先にその手紙を取り上げる。

「それでは私はこれで」

と、奉親が一礼する。

「はい」

よかった。何事もなく済みそうだ。

そのときだった。

「ときに、菅侍従は『紅の薄様』はお召しにならないのですか」

不意打ちだ。衵扇で顔を覆っていてよかった。頬が思わずひくついたのを見られずに済んだからだ。

よりにもよって、いきなり「紅の薄様」とは……。「千字堂」で薄紅の姫が纏っている襲色目をずばりあげるなんて、やはり奉親は私の正体に気づいているのだろうか。

かくなるうえは——シラを切るしかない。

「ほほほ。そのような襲色目が、奉親どののお好みでいらっしゃいますか」

声に、年上女の余裕を乗せるよう、努力する。

だが、年下陰陽師の方が上手だった。

「くくく。まさか。梅から桜へ移るこの時期、後宮で『紅の薄様』をお召しの方々は多ございましたので。ほら、あちらの方とか」

奉親が閉じた檜扇で指す方向には、年若い同僚の女房がいる。彼女は衣裳を紅の薄様にしていた。たしかに紅の薄様は珍しい襲色目ではない。春らしく艶やかで、女性らしい襲色目で、上役の源典侍でさえ、ときに身につけている。だが、薄紅は後宮では身につけない。流行を追う〝今めかしい〟在り方を人前でするのは、苦手なのだ。

「……そのような襲色目は好みません」

お似合いでしょうに、と残念そうにしながらも薄い唇にいわくありげな微笑みを乗せて奉親が去っていった。

奉親が見えなくなると、どっと冷や汗が流れた。

――大丈夫。ばれていない。……はず。

けれども、あの若者、やはり見かけ通りの好青年ではない。ただでさえ三十歳という年齢になって――公的には二十九歳とごまかしている――夫も持たず、とうが立っていると思われがちなのだ。加えて、実は物語を中心に万巻の書を集める「千字堂」の主として、薄紅の姫などと呼ばれていると知られたらどうなるか。自分が親の立場なら、間違いなく〝お宝〟の書物を全部没収の上、とっととどこかに嫁がせるだろう……。

それよりなにより。

冷静になって考えれば「薄紅の姫」の名前に問題ありだ。

もちろん、自分で名乗り始めたわけではない。「千字堂」では何も名乗っていない。いつも紅の薄様を身につけているから周りが勝手にそう言い始めただけなのだが……。童顔とはいえ、三十歳でありながら若々しく今めかしい「薄紅の姫」なんて呼ばれているなどと。それを気に入って、自らも「薄紅の名にかけて」などと言っているのが知れ渡ったら、息も絶え絶えで、そのまま剃髪して尼になりたいくらいだ。

「どうしましたか、菅侍従」

薄紅が誰もいない局で動かないので奇異に思ったのだろう。伊勢という先輩女房が声をかけてきた。

「あ、大丈夫です」

「そうですか。そちらの手紙は──？」

「先日質問した内容について陰陽寮から占いの結果が戻ってきたのです」

早く源典侍に届けなければと薄紅が裾を翻そうとすると、伊勢が制止した。

「源典侍さまなら、いま女御さまに呼ばれているところです。もし、他のお務めがこのあと控えているようでしたら、私がお預かりしましょうか」

「お願いしてもよろしいでしょうか」

奉親の手紙を渡した薄紅は後宮に戻っていく。まだまだやるべきことがあるのだ。

内侍司のところへ寄って言づけを受け取ると、薄紅は飛香舎、つまり藤壺へ急ぐ。

女御の娍子に仕えている薄紅には飛香舎こと藤壺が主だった働き場所だ。藤壺といえば『源氏物語』でとても重要な場所だった。その名を冠した中宮と光源氏の恋は、許されぬものでありながら、それ故に物語を貫いている。出仕が決まり、自らの主が藤壺を使っているいると知ったとき、当然ながら薄紅はやる気に満ちたものだった。

表面上は極めて真面目に勤めを果たしつつ、頭の中では光源氏を思い描き、「この局を通られたのだろうか」「この廊下をどんな表情で歩かれたのだろうか」「光源氏が歩かれたあとは、どのような薫香が藤壺を満たしたのだろうか」などと考えた。あるいは、雨の日に藤壺の廊下を歩いては、「きっと藤壺の中宮もこの廊下で手すりにつかまって雨を見上げ、光源氏を想われたに違いない」と胸をときめかせたものだった。

薄紅は、藤壺の中のある局に着くと、深く頭を下げる。

「播磨さま、内侍司より女御さまのお召し物についてお言づけを頂戴して参りました」

「ご苦労でした」

薄紅は口頭で上役に内容を伝えると、一礼して下がる。

播磨の局から去って廊下を進むと、奥から人の声がした。

ふと立ち止まって耳を澄ます。

上﨟と呼ばれる女御周りの女房が、女御に対して物語を読んで差し上げているようだ。まるで物語のままで、うらやましい。できればここでこっそり聞きながら、現実の女御ではなく『源氏物語』の藤壺の中宮とそこにはべる自分を空想していたい……。

「いけない、いけない。ちゃんと働かなければいけません」

薄紅が盗み聞きの誘惑を振り切れたのは、その物語が「千字堂」にある物語だったからだ。もし、これが女御つきの上﨟女房が新しく書いた物語だったりしたら、薄紅の懊悩は『源氏物語』の空想と、新しい物語の内容を知りたいとの欲求の二つに挟まれて、なおさら激しくなっていただろう。

「あら、萱侍従。こんなところでなにをしているの？」

と、同僚の右近が声をかけてきた。先ほど、奉親が指した「紅の薄様を身につけた同僚」だ。同僚といっても、右近は薄紅よりも七歳は年下で、むしろ奉親に近いくらいである。目元のくりっとした、表情の明るい女房だった。多少、抜けているところがあるものの、朗らかで憎めない性格をしている。そのせいか、年よりもさらに若く見え、紅の薄様の襲色目がよく似合っていた。あまり目立つ襲色目を使って、年上の女房たちにあれこれ言われるのが嫌な薄紅には、とても真似できない。

「いえ、ちょっと考え事をしておりましたもので」

そう薄紅が答えると、右近がくすりと笑った。

「ふふ。梅の香りに鶯の鳴き声。もうすぐ桜も咲きますものね」

「右近はどちらに行くのですか」

「たぶん、萱侍従と一緒の場所だろうと思います」

そう言って右近は衣裳を翻した。

薄紅と右近が向かったのはたしかに同じ局だった。媓子女御の中宮冊立にあたり、藤壺を磨き上げ、調度品を整理し、諸事において新中宮が暮らしやすいようにしなければいけない。

「本当、よいお天気ですこと。この分なら三月一日の儀式には桜も咲くでしょう」

「弘徽殿に移らないでくださってよかった……」と右近が呟いてしまったのを、薄紅が聞き漏らさなかった。

「右近、弘徽殿には禎子内親王さまが皇后としておなりなのですよ」

「あ、ええ。もちろんです」

薄紅が目線だけで周りを見る。右近が苦笑いを浮かべている。

「ごめんなさい。菅侍従は私のお姉さんみたいで助かります」

「そう思うなら、あまり軽率な発言で姉の心労を増やさないでください」

「はい」

「とはいえ」と薄紅が立ち止まって袂で口元を隠した。「狭い後宮の中でくらい、仲良くできないものなのかしら、とは思ってしまいます」

右近も立ち止まって、視線を落とした。「――そうですね」

もともと、嫄子は正式な女御ではなかった。

権勢をほしいままにした藤原道長が死に、その子である藤原頼通が藤原家の長となった。道長は帝ではない。あくまでも帝に自らの娘を入内させ、その娘が産んだ皇子を幼少のうちに次の帝にして自らが後見人たる摂政になって権力を得たにすぎなかった。さらに帝が成人してからは関白となって権力を握りつづける。帝の母方の親族を外戚といい、道長もその外戚、それも外祖父となることで権力を手にした。

頼通が道長と同様に外祖父になるためには、まず今上帝の義理の父にならねばならず、そのためには自らの娘が帝の后とならねばならない。つまり、自らの娘を入内させるのが外戚になる必須条件だった。

ところが、頼通には娘がいない。

道長亡きあと、自らの権力を維持するために頼通は急ぎ養子を取った。そうして入内させたのが嫄子である。

「急に来た方が女御となり、中宮となる。頼通さまの横車とはいえ、これでは……」

と薄紅が小さな声で嘆息すれば、右近も苦しい表情になる。

「皇后である禎子内親王さまのお気持ち、つらいでしょうね」

「嫄子さまがお人柄のすぐれない方であればまだしも、嫄子さまはとてもおやさしく気配りのされるお方」

「禎子皇后さまも素晴らしいお方であるだけに、何ともやるせないですね」

「権力者の父が強引に娘を入内させて、帝の寵を横取りするのは物語だけであってほしかったですよ」

それも、憎らしい相手からに限ると薄紅は思う。

「皇后さまといえば、今回の中宮冊立にお心を痛め、後宮から下がられるのではないかとの噂も」

「右近、さすがに言い過ぎです」

「申し訳ございません」

薄紅と右近は再び廊下を歩き出した。

物語よりどろどろしている現実が、薄紅には切ない。

「ああ、藤壺の由来のこの藤の花を、何のわだかまりもなく愛でたいものです」

薄紅がため息混じりで言うと、右近が微笑んだ。

「ふふふ。本当にそれだけでございますか」

「どういう意味でしょうか」

「局の磨き込みが大変だから、とかではなくて？」

「磨き込みを嫌がったりしません」

女房の日々の仕事で大切な務めの一つが、掃除に掃除を重ねて文字通り磨き上げることだった。後宮は愛憎の悲喜劇が繰り返される場所である。そのため、汚れだけではなく、その場所を使っていた人物の念いが残ってしまう。それが敵対する立場の人物だった場合には、新しく局を賜った后に害をなすと言われていた。

正直なところ、薄紅にはそのような不思議は分かりかねた。ただ、僧や陰陽師たちが口を揃えて言い続けてきたところを見ると、何かあるのかもしれないとは思っている。

『源氏物語』の舞台を、文字通り光るまで磨き上げられるなんて、至福に決まっていた。

薄紅は父が従四位下（じゅうしいげ）の位を賜っていたため、女房としてはそれなりに身の置き所のあるべきものなのだが、あえていまは細かい務めをしている。三十路（みそじ）の薄紅が若い女房たちに交じって反発されないためでもあったが、単純に何よりこういった務めが好きなのだ。曇っていたところが艶（つや）やかな輝きを放つ爽快（そうかい）さが何とも言えず心地よい。

ここが光源氏が歩いた場所かしら、あそこは藤壺の女御が眺めた風景かしらなどと思っていたら一日なんてあっという間だった。

「そうなのですか。私は結構大変だと思ってしまうのですが」

「右近」

薄紅がたしなめると、右近は首をひっこめておどけた。

「冗談です。紫式部（むらさきしきぶ）の書かれた『源氏物語』のおかげで〝藤壺〟にご奉仕している私たちは幸せだなって思っているのですよ。これが〝弘徽殿〟だったら、何となく印象が悪くて、ご奉仕にも身が入らなかったかもしれません」

薄紅は思わず右近を凝視した。こんな身近なところにも『源氏物語』と宮仕えを重ねている女房がいたなんて。まさに我が意を得たり。そうですよね、その気持ちよく分かります、と大きな声を出して右近の両手を握りしめたくなるが、我慢する。あくまでも、年上の、世間と物の道理をわきまえた女房として振る舞わなければいけない——。

「古来、弘徽殿は帝の寵の厚い后に下賜される場所です。そんなことを言ってはいけませんよ」

弘徽殿の西廂(にしびさし)は細殿(ほそどの)と呼ばれる女房たちの生活の場になっていた。『源氏物語』では、光源氏と朧月夜(おぼろづきよ)が出会ったとされている。薄紅にとって、朧月夜は『源氏物語』屈指のなまめかしく、匂うほどの美女だった。意地悪な弘徽殿の女御の局の近くと見るか、麗しき朧月夜との逢瀬(おうせ)の現場と見るか。物事は見方一つで変わってくる、と薄紅は自分を励ました。

「弘徽殿といえば、あの細殿は簀子(すのこ)がないのですよね」

「直に遣(や)り戸から細殿に入れますものね」

「あれでは清涼殿に出勤する官人の通路から丸見えです。ああ、恥ずかしい」

まだ若い右近が首の辺りまで赤くする。

「ふふふ」と薄紅は笑う。

そういう場所だからこそ、光源氏と朧月夜の出会いが実現したのよ。何と素敵な場所ではありませんか——と右近に力説したいが、我慢する。

話し出したら止まらない自信がある。

そのため黙っているだけなのだが、違うふうに見えるらしい。

「菅侍従はいつも黙々とお勤めでご立派です」

と右近が賞賛してくれるのが少し心苦しい。

「そんなことありませんよ」ええ、これっぽっちも。

物語を日がな一日読んでいるのも楽しいが、日頃一生懸命働いているから、ゆっくり書物を読む時間が尊いのだ。何しろ、『源氏物語』はじめ、数多くの物語や歌や無数の文化の源である宮中に勤めているのだ。文句を言ったら罰が当たる……。

一方で、薄紅は女房名に菅の文字がある通り、菅原道真（すがわらのみちざね）の血筋だ。そのような血筋の女性が、自らを誇ることなく、下臈（げろう）女房と同じ務めを黙々とこなす。いまでは中流貴族に過ぎないから当然だと薄紅は思っている。しかし、周りの者たちから見れば、薄紅は真面目で謙虚な人柄と映るのだった。

「上役の方々は菅侍従がいないと困るといつもおっしゃっています」

「そう言っていただけるのはありがたいと思い、がんばっていますが、本当は家族がさみしがるのです」

「まあ……。ご両親から大切にされているのですね」

「家族がさみしがるから出仕する日数を減らそうとしたら、源典侍さまに断られてしまいましたが……」

「やはり、期待されていらっしゃるのでしょう」

「もったいないことでございます」薄紅は声を潜めた。「それで、また源典侍さまにお出しする書の代筆をお願いしたいのだけど」

右近がくすりと笑った。「いつものでございますね。菅侍従にはしょっちゅう助けていただいていますから、お安い御用です」

「無作法なもので申し訳ございません」

藤壺の局に着くと、薄紅と右近は他の女房と共に床や畳、柱や調度品などを磨き込み始めた。適度におしゃべりをする女房もいるが、みな静かだ。女御のために丁寧に磨き上げなければいけない。女房たちはみな、女御を慕っているのだ。

薄紅も、外から見れば真剣に働いている。内心では女御のための気持ちが半分、残り半分は『源氏物語』の舞台を磨く喜びの気持ちだった。後者を慎重に隠しているから、とても真面目に取り組んでいるように、ここでも見えるのだが……。

弘徽殿について、右近が話したような悪い印象のところは『源氏物語』の前半だけだ。意地悪でわがままな方の弘徽殿の女御は気にくわない。だけど、『源氏物語』の後半には、光源氏の従兄弟(いとこ)で親友で恋敵の頭(とう)の中将(ちゅうじょう)の娘が弘徽殿の女御の位置につくのだ。光源氏のような尊いほどの美貌(びぼう)ではないにしろ、頭の中将も賢くて人柄の素晴らしいお方。頭の中将が、中年の落ち着きを得た父親として、娘の方の弘徽殿の女御を見舞ったりしたのだろう。この辺でこんなふうに――。

薄紅が楽しい妄想に耽(ふけ)っていると、突如、源典侍の声がした。

「菅侍従、よろしいかしら」

しかし、薄紅は自分の空想から帰ってこない。

「――いい」

「菅侍従？」

「あ、はい。何でございましょうか」

危ないところだった。にやけていなかっただろうか。

上役が薄紅の手を引いて、人目につかないところへ導いた。

嫌な予感しかしない。

「女御(にょうご)さまのお好きな薫香、もうすぐ足りなくなりそうなのです」

源典侍の顔色がよくない。せっかく素晴らしい衣裳(いしょう)を用意しても、十分な香りがたきしめられていなければ魅力は半減する。薫香のすばらしさは美人の条件でもある。

その人だけの香りはとても大切なもの。薫香が足りなくなってしまっては女御に恥をかかせてしまう。一大事だった。

一大事は一大事なのだが、薄紅は冷静に対処する。

「先月から何度かご指摘していましたが、その後いかがでございましょうか」

「左様なお話、聞いていません」

薄紅は淑(しと)やかに微笑んだ。

出た。上役たちの得意技。「聞いてない」「忘れてた」「あなたがやって」──。

しかし、それを指摘したところでまず認めない。物事は一歩も進展しない。

話を先に進めるしかないのだ。

ふと見れば、局からこっそりと右近が覗いている。気遣わしげな雰囲気だ。薄紅が女御の薫香の残量を心配していたとき、右近もそばで聞いていたのだったと思い出した。

薄紅は右近に目配せして、数日前のやり取りを忘却している上役に向き直る。

「それで、今はどのような状態なのでしょうか」

「調合したものは三月一日の儀式の衣裳に使う分も危うい状況です。新しく調合しようにも材料が足りないのですよ」

さすがの源典侍も慌てている。慌てているのは分かるが、冷静に考えてなぜいま私に言うのか。この時間があったらさっさと薫香の材料を探しに行った方がいいと思うのだけど。

「大急ぎで材料を集めておきましょう。春はさまざまな行事がありますし」

行事が多ければ、当然、参加する人も多くなる。嫄子が女御から中宮となる中宮立后儀式に出席する貴族たちは心を込めて自らも準備するだろう。彼らが薫香を念入りに用意した結果、女御の薫香に必要となる材料がなくなっては本末転倒だ。

さっそく材料の確認に行こうとする薄紅を、源典侍が呼び止めた。

「ときに菅侍従。先日、陰陽寮に依頼した占いは戻ってきましたか」

薄紅は我が耳を疑った。

「えっと、そちらは先ほどお渡ししました、ですよね？」

「いいえ。受け取っていませんが」

薄紅は心の中で舌打ちする。

「伊勢さまに渡しましたが。源典侍さまにお渡しください、と」

伊勢も女房の一人だった。先輩格で中臈の働きをしている。薄紅の直接の上役ではなかったが、源典侍と仲がよいので多少は接点があった。

「そうでしたか。いずれにしても、私は受け取っていません」

「申し訳ございませんでした」

本音を言えば、文句は伊勢に言ってほしい。

「大事なものですから、直接私に手渡してください」

「申し訳ございません。あいにく源典侍さまが女御さまに呼ばれていたときでしたので、伊勢さまから『自分が渡しておくから』と言われ、甘えてしまいました」

源典侍は一瞬、言葉に詰まったような顔をして、話題を変えた。

「それはそうと、明後日、帝がお渡りになる日の手はずですが、確認しますので、私の局に来てください」

帝のお渡りの日の段取りはもう三回は確認しましたよね？　とは言わない。

「あの——女御さまの薫香の材料を確認しませんと」いま源典侍が命じたことだし。

「ああ、そうでしたね。では、薫香の方を先にしてください。お渡りの日の確認はそのあとにします。私の局まで来るように」

……その後、源典侍や伊勢や播磨たち相手に、帝のお渡りの日の段取り、女御の薫香、陰陽師・安倍奉親からの手紙のそれぞれの案件で三回ずつ同じ話を繰り返すのだった。


「というわけで、昨日の私は大変、不本意な目に遭っていました」

薄紅は「千字堂」の御簾の中で憤慨していた。

昨日の宮仕えを、薄紅の姫が誰なのか特定されない程度にごまかしつつ、子細に開示している。

今日はまだ日が高かった。

聞き手は陰陽師・安倍奉親。興味深そうに耳を傾け、親身な相づちを打ってくれるので、ついつい話し込んでしまうのだ。

「それは、大変でございましたね」

奉親は神妙な顔で聞いていたが、いつの間にか檜扇を開いて口元を隠している。

「……奉親さま、まさかとは思いますが、私の話を笑って聞いていますか」

「めっそうもない」

「今日はまだ日差しが明るい時間。御簾のこちら側からは意外にそちらの様子がよく見えるのですよ」

「……………」

奉親がごく小さく頭を下げた。

「はあ――」と薄紅がため息をつく。

「それだけ頼りにされている、と前向きに考えてはいかがですか」

「おかげさまで昨日も徹夜なのでございます」

奉親が隣にいる義盛を振り返った。義盛は目を閉じて首を横に振っている。

「それは、お眠いでしょう」

「一応、朝の食事のあとに仮眠はとりました。けれども、頼んでおいた女御さまの薫香の材料が殿司(とものつかさ)から届いて、それを練り上げる務めがありまして……」

「今日は定刻に上がれたのですね」

「徹夜明けなのでご容赦いただきました。先ほどまで少し休んでいたのです。そういえば、よく私が今日は昼過ぎに『千字堂』に入っているとご存じでいらっしゃいましたね」

薄紅はひっそりと警戒した。相手は陰陽師。薄紅の知らない摩訶不思議(まかふしぎ)な術で正体を探られたりしたらかなわない。

「今日の私は日の高いうちに良いことがあるだろうと占で出ていました。今日はこちらに伺う予定でしたから、たぶん早い時間にお会いできるのではないかと思いまして」

薄紅の思い過ごしらしい。徹夜明けで気持ちが高ぶっているのかもしれない。

気持ちが高ぶるのは仕方ないかもしれない。

何しろ、今日は奉親との例の約束の日なのだから。

「なるほど、分かりました。ところで、奉親さま」と、薄紅はのどから手が出るほどに焦る気持ちを抑えていた。品のある姫のようにゆったりと話すことを心がける。「お約束の品は、お持ちでしょうか」

「『源氏物語』に関連した貴重な品、でしたね」

「左様でございます」

口の中が渇いた。奉親があえて「貴重な品」というのだ。生半な物ではないだろう。薄紅は一生懸命唾をためて飲み下した。

その間に、義盛が奉親に確認している。

「奉親どの、その〝貴重な品〟というのは、本当に貴重な品なのでしょうな」

「と、申されますと？」

「姫さまは心の底からの『源氏物語』の愛読家であり、関連するさまざまな品も集めています。たとえば、紫式部直筆の手紙とか」

「それはすごい」

「姫さま自身がこつこつ集めたものが大半ですが、奉親どののように相談事をする人々からもたらされたものもありますから」

「義盛、その辺にしておきなさい」

御簾の中から薄紅が声をかけると、義盛が恐縮したように平伏した。山男そのもののような義盛が身を縮めて薄紅に頭を下げているのだ。その様子を物珍しそうに奉親が見つめていた。

「義盛どのは薄紅の姫さまを、本当に深く敬愛なさっている」

するとと、義盛は頭を上げて厳つい顔に怒ったような表情を浮かべた。

「当然です。姫さまが麗しき物語の世界へ私を誘ってくれていなかったら、私はきっと今頃、明るい日の下で暮らせなかったでしょう。武士の勤めを投げ捨てて羅生門の盗賊に身を落としていたかもしれないのです」

「おやおや」

「私のしたことはほんの些細なことです。いまも、その当時も、義盛は一生懸命にお役目を果たそうとしているだけなのです。それなのに、武士としての役目とまるで関係がない派閥争いで心をすり減らしていたのを見ていられませんでした」

「……なるほど」と奉親が扇で口元を隠したまま頷く。漠然とした薄紅の物言いだったが、奉親は秀麗な面立ちを曇らせた。

「ただ、これは武士の世界だけではありますまい。後宮にもありますし」と薄紅が苦笑いした。「陰陽師の世界にもあることではございませんか」

「ふふふ。まあ、そうですね」と奉親が鷹揚に答えると、薄紅は御簾の中で扇を開いて中空を小さくあおいだ。

「物語は素晴らしいものです。胸を打つ言葉も、涙を拭ってくれる言葉も、自分と同じように悩んでくれる言葉も、すべてがございます。物語にも嫌な人物も出てきますし、許し難い行いに出くわすこともありましょう。けれども、それも物語をおいしくする塩であり酢であると思えば――その目で現世を見直せば――現世を行き渡っていく知恵を教えてくれるというものです」

「ほう。をかしな話をおっしゃられる」

奉親が扇を閉じて、薄紅の姫の話に耳を傾ける。

「『源氏物語』の中で紫の上が光源氏と言葉を交わす。たとえば――光源氏が、須磨へ左遷されているときに、かの地で出会った明石の上との間に女の子が生まれたのです」

「……意外とひどい話ですね」

奉親の冷静な指摘に、薄紅の姫も苦笑するしかない。

「まあ、どの立場に立って読むかにもよるでしょうが、都に残って心配していた紫の上からしたらとんでもない話でございます。しかも、光源氏は——紫の上との間には生涯、子は授からなかったのです」

奉親が唸った。

「子は授かりものと言いますが、まるで現実にありそうな酷な話です」

「光源氏は地位のある人です。子ができれば黙っているわけにはいきません。そこで、何でもないふうを装って紫の上に打ち明けるのです。『人生、うまく行かないものですね。欲しいところにはなかなかなくて、思っていないところであれして……。女の子だそうで、つまらないことさ。放っておいてもいいけど、親としてはね。京に呼び寄せてあなたにお見せしますよ。憎んではいけませんよ』と」

「苦しい言い訳ですね」

「ええ。……それに対して紫の上は『変ですこと。いつもそのようにご注意をいただく私の心のほどが自分でも嫌になりますわ。嫉妬なんて、誰からいつ教えていただいたのかしら』と返すのです」

「なるほど。紫の上は品のあるお方だ」

紫の上の返答を、奉親がそう評したのが薄紅の姫にはうれしかった。

「ええ。紫の上は本当に素晴らしいお方です。では、いまのようなやりとりを、自分ならばどう思うか、なのです。上品なやりとりと思うか、そんなことを言えば光源氏をつけあがらせると心配になるか、紫の上の健気(けなげ)さと光源氏のわがままを較べて憤慨するか……」

「ほう。いとをかし——」

「『源氏物語』を読みながら、私は光源氏や紫の上や六条御息所(ろくじょうのみやすどころ)になり、その方々の人生を生きるのです。そこで、自分として納得できる生き方なら学びますし、納得できない生き方なら、どうすれば納得できるかと考えます」

薄紅の言葉を聞いていた奉親は、閉じた扇を口元に当て唸っている。

「ううむ。そのようにして物語を読んだことはなかったですな」

「そうすれば、この一回の人生で何人もの人生を生きることと同じことになります。私の知らない、別の私の人生が味わえるのです。素敵だと思われませんか」

「ええ。素敵ですね」

奉親が頷くと、義盛が軽く腰を上げてうれしそうな声を上げた。

「姫さまは物語を読むだけではないのです。ご自分でも、光源氏や紫の上などの『源氏物語』の登場人物たちに、別の物語を用意されたりするのです」

「別の物語？」

薄紅は頬が熱くなった。

「義盛、そのことはその辺でやめておいてください」

「あ……かしこまりました」

薄紅に止められて、義盛が腰を下ろす。眉と口をへの字にして残念そうにしていた。

やはり奉親にはついつい人に何かを語らせる不思議な雰囲気があるようだ。だからこそ、薄紅の姫はこの年若い陰陽師を聞き役に選んでしまうのだが、同時にどこか警戒している。彼の魅力は彼の武器であるけれど、そこにどこか物語と同じ匂い——つまりは〝作られたもの〟を感じるのだ。うっかりすれば、周囲の人間は彼の微笑み一つで動かされてしまいそうな……。

これが本物の〝陰陽師〟なのだろうか。

その奉親は、なぜか薄紅の姫が逃げようとした話題に食いついていた。

「いまの話、もう少し詳しくお聞かせいただきたい」

「いいえ、お耳に入れるようなお話ではありませんので、お許しください」

「しかし、これだけ物語を読みこなしている薄紅の姫であれば、いかようにでも物語を紡げそうなものですが」

「この通りでございます。平にご容赦くださいませ」

「左様ですか」

薄紅はほとんど哀願する心地だが、奉親はどこか名残惜しげだった。薄紅にとって、この話題を深掘りされるのは好ましくない。

「そ、そうでした。『源氏物語』のすごく貴重な品、お持ちいただいたんですよね？」

「そうですね」

「今日が期日です。約束破りは許しません。さっそく検分させていただきとうございます」

「分かりました」と奉親が笑みをたたえていた。若さに似合わず、どこか余裕すら感じさせる姿が薄紅の姫の心にはまたしても得体が知れなく感じられる。

「万一、私の満足いく品でなかった場合は、仲のよい女房たちに奉親さまの所業の数々をあることないこと吹き込んで言い広めて差し上げ……」

「こちらの品です」

　まくし立てる薄紅の言葉をみなまで聞かず、奉親がそばにあった包みを前に差し出し、広げた。

　出された物は、薄紫色の美しい表紙の一冊の本だった。

「それは——？」

「『源氏物語』第一帖（じょう）『桐壺（きりつぼ）』の写本です」

「……普通の品ですね」薄紅は額を押さえた。「これが、『源氏物語』の木版印刷です、とおっしゃるなら、逆にちょっと珍しかったのですけど」

「木版印刷は御仏（みほとけ）の教えを記した経典や漢籍に限られますからね。法隆寺（ほうりゅうじ）にある『百万塔（ひゃくまんとう）陀羅尼（だらに）』とか」

　これは年代が特定できる世界最古の木版印刷の例とされている。

「ええ。木版による印刷は飛鳥に都があった頃から存在はしています。手で書き写す写本よりよほど早いですからね。『源氏物語』を印刷してくれればもっとたくさんの人に読んでもらえるんですけど。ああ、でもそうしたら、私が伯母から『源氏物語』全巻をいただいたときのような喜びが減ってしまうかも。いや、でもたくさんの人にこの物語の尊さを知ってほしいし――」

薄紅は両手で頭を抱えて懊悩した。

物語は、手間のかかる木版印刷では流布されていない。木版印刷より写本の方が安く、早かったからだ。この時代、物語が――後世に残っているかどうかは別として――雲霞の如く生み出されている。それを早く読みたいという読者の要求に応えるには写本の方が都合がよかった。

とはいえ、写本は読まれては捨てられていく運命にもあって、果たしてどれほどの写本が流布しているかは分からない。

「本当に『源氏物語』がお好きなのですね」

薄紅の苦悶する声に、奉親が檜扇で再び口元を隠しつつ感心する。若干笑いが混じっているような気もするが……。

「たしかに他にも素敵な物語はたくさんあります。こうしている間にも、私の知らない女房が新しい物語を作って后がたに読み聞かせているかもしれません。しかし、『源氏物語』

は百年、いえ千年のちにも読み継がれる作品でございます。薄紅の名にかけて、我が国の至宝と言ってもいいでしょう」

「そうですか」

薄紅のその言葉はある種の予言でもあったのだが、当時においてはあまりにも遠大すぎた。だが、薄紅の姫は熱っぽく続けた。

「何しろ、全五十四帖(じょう)、およそ百万字の物語世界に、四百三十人以上の人物が〝生きている〟のです。これだけの登場人物がいれば、必ず自分の心を動かす人物に出会えます。自分の理想の女性や、自分の理想の男性を見つけて、その人物が物語でどうなっていくかを追いかける。それだけでも、『源氏物語』を何度も読み返せるものです」

「その人物が、物語から退場してしまったあとはどうするのですか」

奉親の質問はもっともだ。薄紅の姫は自信を持って応えた。

「その後のことは、思う存分、空想すればいいのです」

「なるほど」

「空想ついでにもう一度、その人物が物語に戻ってきたらなどと考えるのも、いとをかしなことでございます」

奉親が深く頷いていた。

「それが物語を〝味わう〟ということなのでしょうな」

「あの、姫さま、奉親どのが持参されたこの写本、いかがいたしましょうか」

義盛が控えめに進言した。義盛も気になっているようだ。

「そうでした。ただの写本に興味はないのですが……何故にその写本をお持ちになったのでしょうか？」

義盛のおかげで本題に戻ってきた薄紅が問うと、奉親が扇を閉じて軽く両手をついた。

「この写本、ただの写本ではありません」

「左様でございますか」

「ご存じの通り、私は安倍吉平（よしひら）の子であり、つまりは安倍晴明（せいめい）の孫です」

「はい」

「祖父・安倍晴明は師である賀茂光栄（かものみつよし）さまと共に、藤原道長さまの個人的な相談事に何度も乗っていました。その縁で私の父、安倍吉平も懇意にしていただきました」

「たくさんの貴族の日記もこの『千字堂』にはありますから、その辺りの事情も存じ上げています」

これは事実だった。いくら薄紅が『源氏物語』好きであったとしても、それだけでこの堂を埋め尽くせない。物語だけではなく、貴族の日記の写本などもたくさんあるのだ。

薄紅の姫は、文字という文字に飢えていたとも言える。

「父の安倍吉平が、道長さまが御出家される頃に特別に呼び出されました。そして父が生霊を撃退し怪異を打ち払ったとき、その見返りとしていただいたのがこの写本です」

「なるほど」と薄紅が頷く。「藤原道長さまも『源氏物語』の熱烈な読者であり、紫式部さまの後援者でもありましたからね。早く先が読みたい想いが高じて、紫式部さまの書きかけ原稿を勝手に持ち出されたりもしたとか」

「……犯罪ですよね」と奉親が突っ込む。

「天下人ですから誰も告発できませんでしたけれども。やや常軌を逸するくらいに『源氏物語』が好きだったのは分かりますけれど、そうなってはいけませんよね」

「…………………」

「奉親さまが持ってこられたものが、藤原道長さまが強奪した紫式部さま直筆の書きかけ原稿だ、なんてことはありませんよね」

「そのようなものではないですよ」

紫式部の直筆原稿だったら是が非でも欲しい気持ちを、薄紅の姫も分からなくはないが……。薄紅の姫は咳払いをした。

「こほん。閑話休題。藤原道長さまであれば、当然、『源氏物語』の写本くらいお持ちでしょう」

薄紅は衵扇を広げてしきりに扇いでいる。

「はい。しかし、これは特別な一冊だとかで」

「どう特別なのですか」

「紫式部さま直筆の写本だとか」

薄紅は衵扇を落とした。

「何とおっしゃいましたか？　もう一度、よろしいでしょうか」

「はい。これなるは、紫式部直筆の『桐壺』の写本です」

奉親が恭しく一礼をすると、横で義盛が「あなや」と腰を抜かした。

「紫式部さまの直筆……」薄紅の姫が唾を飲み下す。「本当なのですか？」

すると奉親は頭を上げて、少し困ったような顔をした。

「実を申しますと、そうだと断言できる自信が私にはありません。何やら、賀茂光栄さまが一度、受け取りを断られた品だとも聞いたようにも……」

「まあ」

「なにぶん、若輩の陰陽師なれば」と大して恐縮していない顔で軽く頭を下げる。「ただ――この写本が我が家に来た経緯を考えれば、まったくの偽りという理由も見当たらないのです」

「たしかに。しかし、どうして……」

薄紅は御簾ににじり寄りながら呻くように呟いている。

「ですから、まずはこちらのものをお近くで確かめていただければ――」

そのときだった。

奉親の目の前で驚くべきことが起こった。

「御簾が邪魔だわ」

薄紅の姫が叫んだ。

大きな音がした。あとで振り返ればそれは薄紅の姫が思いきり床を踏みつけた音だったようだ。

目の前の御簾が撥(は)ね上げられた。

「おっと」

思わず奉親がのけぞる。後ろに手をつき、檜扇を少しでも開いて目を隠そうとした。

「その写本、見せてくださいっ」

御簾を撥ね上げ、何とか扇で口元を隠しながらも白い額やふっくらした頬がちらりと見えてしまっている。それでも単(ひとえ)を翻して手を差し出しながら、不退転の表情で薄紅の姫が迫った。

軽々しく身内以外の男に顔を見せないのが女性のたしなみである。よほど親しい間柄になれば話は別だが、通常は裸をみせるほどの恥なのだ。けれど、薄紅の姫はあまりの興奮にその規範を飛び越えてしまった。

「ひ、姫さま、顔っ。お顔をきちんと隠してくださいっ」

顔を見せている薄紅の姫より、義盛の方がうろたえている。

「そんなことより写本っ」

「顔を――っ」

「おやおや」

やや西日となって赤みを帯びた光が、薄紅の姫の白い指先を照らし出している。

瞬間的に奉親が目にした、薄紅の姫のきれいに澄んだ瞳は陽光にきらめき、聡明さと夢見がちなところがない交ぜになっていた。その瞳がいまはえらい剣幕で、せっかくの姫らしさが台無しだ。

おてんば、はねっかえり、じゃじゃ馬――何とでも形容したいところだが、不思議と薄紅の姫の美しさが躍動していた。

「ええ、紫式部さま直筆の写本となればそれどころではありません。早く写本を」

「くくっ……」奉親が吹き出した。「ははは。薄紅の姫、何て方だ、あなたは」

普段、若さに似合わず大人びて、細かな表情さえ律している奉親が、腹を抱えて笑っている。彼の同僚がこの姿を見ていたら絶句するほど珍しい様子だった。その横で、無骨な義盛が冷や汗をかいていた。

「くくっ。姫さま、こちらです」

「疾く疾く、貸してください」

義盛を尻目に、写本を手に取った薄紅が愛おしそうに表紙を撫でた。

「ああ……これが、紫式部さま直筆の写本……。見なさい、義盛。この表紙の薄紫色の上品さ。『桐壺』だから桐の花の色にあやかったのかしら。……素敵」

とうとう薄紅の姫が写本を頬ずりし始めた。

「う、薄紅の姫、さま――くくっ」

と、笑いで息も絶え絶えな奉親が声をかけても、肝心の薄紅の姫には聞こえていない。

義盛が薄紅の姫のそばで、巨大な体躯をそわそわさせていた。

「この表紙にも紫式部さまが触れたんでしょうね。息が吹きかかっているかも……。めくるわよ」

息を詰めるようにしながら、薄紅がほっそりした白い指先で写本をめくる。

「おお――」

薄紅の振る舞いを嘆いていた義盛もついつい感嘆し、写本に両手を合わせていた。笑いの発作がやっと落ち着いた奉親が、目元を指先で拭いながら問う。

「義盛どのも、この写本にそれほどのご価値を……？」

「源氏狂いを自認する私にとって、これは宝以外の何物でもありません――」

一見すると鬼か仁王かという容姿の義盛が写本に感涙していて、奉親は微笑ましく笑みを漏らす。

「そうでしたか。それは、それは……。義盛どのは薄紅の姫の、心からの同志なのですね」

ただの若者であれば、薄紅の姫たちの振る舞いは赤面したり、はしたないと眉を寄せるかもしれない。奉親は若いながらに胆力のある青年だった。

しかし、そんな彼でも驚くべき事実を知らされることになる。

ふと、義盛が何かに気づいたような顔をした。

「ひょっとして奉親どのは、姫さまのこのようなお振る舞いが初めてだとお思いでは？」

「え？」と奉親がいぶかしげな声を発した。「違うのですか？」

「違います」と悲しげに顔を歪めて義盛が断言した。

「そういうものなのですか」思わず二人は顔を見合わせていた。

「そういうものなのですよ」

扇で隠された口元以外を春の日射しに晒して、薄紅の姫は写本に熱い眼差しを向けている。その面差しを、奉親は「面白い方だ」と呟いて、我知らず目で追っていた。

その薄紅は自らの奔放ともいえる振る舞いが、まだ若い奉親の興味を――今後の自らに降りかかる無理難題を引き寄せてしまっているとは想像すらしていない。ひたすら写本を愛でていた。

「ああ……この筆運び。まさに紫式部さまの御手に違いありません……。ほら、ここではねる。これが紫式部さまの御手の特徴なのです」

「まさに、まさに」

と再び義盛が髭を揺らしながら薄紅の横に張り付く。

「これは写本だから、紫式部さまがご執筆された原稿と同じではないけれど。ああ……紫式部さまはどんな想いで、筆を運ばれたのでしょうか……。季節はいつかしら。外には何が見えたかしら。どんな花の匂いをかぎながら書かれたのかしら……」

「素晴らしいですなぁ——」

薄紅の姫が急に背筋を伸ばした。

「こんな姿勢で書かれていたのかしら。……『道長さまにまた原稿を持って行かれてしまいました。まだ書き上がっていない箇所ですのに』とか嘆きながら。うふふ」

薄紅の姫がはしゃぐ。まるで裳着前の娘のようだった。

「姫さま、落ち着いて。一応、奉親どのの目もありますので」

一応、なのかと言わんばかりの顔で奉親が控えている。

「写本の方が大事です。よろしいですか。この筆運びが……あら？」

大はしゃぎしていた薄紅の動きが止まった。

ただ動きが止まっただけではない。がっくりと写本と肩を落としていた。意気消沈という雰囲気である。

「どうか、されましたか——？」

奉親が若者らしい凜々しい顔に怪訝な色を浮かべた。

「これ――」

「この写本ですね?」

「ひょっとして――」

「はい」

薄紅の姫が涙を流さんばかりの顔になる。

「偽物だ、なんてことはないですよね――?」

「おや」奉親は首をかしげた。「そんなことはないはず、です。生前の父が呪でごまかして、本物を隠していないかは確かめました」

奉親の回答を背中に聞きながら、薄紅は御簾の向こうへ行く。

「確か、この辺に――」

薄紅がごそごそやっている間に、生真面目な義盛が奉親に詰め寄っていた。

「奉親どの、薄紅の姫さまのおっしゃった内容は本当ですか」

「いえいえ、そんなことは」

「み、見損ないましたぞ。男として恥を知りなさい」

「まず落ち着きませんか」

奉親は相変わらず檜扇を広げて自分の口元を隠している。義盛は鬼を通り越して閻魔大王のようだ。奉親は声を出して笑わされたあとに興味深い反応ばかりが続いて、内心おかしくてたまらない様子だった。

　今にも奉親を取って食いそうな義盛を止めたのは、御簾の向こうから戻ってきた薄紅の姫だった。手紙のようなものを手に持っている。

「待ちなさい、義盛」

「しかし、姫さま」

「私は『偽物ではないか』と疑義を呈しただけで偽物と決めつけたわけではありません」

「そ、そうなのですか……」

　まだどこか納得いかない表情ながら、義盛がどっかりと腰を下ろした。奉親が息をつく。

「とはいえ、本物とは思えない点がいくつかあるのです」

　そう言って薄紅は持ってきた手紙を丁寧に広げた。奉親と義盛が覗き込む。奉親は不思議そうに、義盛は恭しげにしていた。

「これは――？」

「奉親さまはご存じないかもしれませんね。紫式部さまから赤染衛門さまに宛てた手紙です」

「赤染衛門、というと歌の名手であり、歴史書の『栄華物語』を書かれたという……？」

「左様でございます。……ああ、何て豪華なお手紙のやり取りでしょう」

「そうですね」

「……いまはそこに感動している場合ではありませんでした。この手紙と写本の筆跡を比べてみてくださいませ」

奉親がその二つを見比べてみる。

「……私には、どちらも同じように見えてしまいます」

「一見するとそのように見えるでしょう」と薄紅の姫が首肯した。「けれども、よくよく見てみると、違うところがあるのです」

「ほう」

「たとえば、ここの筆跡。紫式部さまのお手紙ではほとんどはねずに次の字につながるようになっています。しかし、この写本ではきちんとはねています」

「なるほど」

「他にもあります。……ほら、ここ。ここの『の』の形は紫式部さまの特徴的な御手の一つなのですが、写本ではそれほど目立ちません」

「よくぞ、お気づきになりましたね」

奉親の目が光った。

「それから――」

さらに話を続けようとする薄紅に、奉親がそっと告げた。

「恐れ入ります、薄紅の姫さま。もう少し離れてください」

「あ、失礼しました」

薄紅の姫が議論に熱心になるあまり、衣の薫香が強く匂うほどに近づいていたのだ。息の吹きかかるほどの距離だった。もっとも、そばで薄紅の振る舞いに冷や汗をかいていた義盛と比べ、奉親は礼儀として言っただけで別段何とも思っていないようだった。

遠くで鳥の鳴き声がする。

「姫さま、他はどうなのでしょうか」

と、先が気になっていた義盛が先を促すと、薄紅の姫がまた写本に目を落とした。

「全体としてはすごく紫式部さまの筆跡に似ているのです。しかし、細かいところでときどきこういう筆の違いがございます。その目で見てみると、表紙の薄紫の紙も怪しく思えてくるというもの……」

「『桐壺』なので桐の花にあやかったからではないか、と姫さまはおっしゃっていましたよね」

「私も最初はそう思いました。しかし、同じ薄紫の紙にしても、写本としては少し上等すぎるのです」

「もっと質の悪い紙を使うものだと？」

「ええ、左様でございます。写本ですもの。読み終わったら捨てられてしまったりしますから」

「まあ……そうですねぇ」

そう言いながら薄紅は、件の写本を表にしたり裏にしたりしている。ぱらぱらと写本をめくっていたときだった。

「あーっ」

薄紅が悲鳴のように大きな声を上げた。

「姫さま、はしたない。あまり大きな声を上げるものではないといつも私や阿波のおもとに言われていますでしょう?」

と義盛が渋い顔をしている。

だが、薄紅は血相を変えていた。

「これが静かにしていられるものですか。義盛も奉親さまも見てくださいっ」

薄紅の姫が写本の最後の一枚を二人に指し示す。

そこにはしっかりした文字で「日本紀の御局より」と書かれていた。

「『日本紀の御局』――これは?」

「奉親さま、ご存じないのですか。一条帝が『源氏物語』をお読みになられたときに、物語を支える素晴らしい教養を見抜かれたのです。そのとき、畏れ多くも『作者はきっと日本書紀や古事記をよく読んでいるのだろう』とのお言葉を賜りました。それが噂となり、女房たちの間で作者を『日本紀の御局』とあだ名したのですよ」

「すると、写本の最後に紫式部が署名をした、というのですか？」

　奉親が尋ねると、薄紅の姫は息が止まったようになった。信じられないものを見る目つきだ。

「……紫式部さまはそれはそれは才女でいらっしゃいました。しかし同時に、そのように見られるのを恥じる奥ゆかしいお方。どうしてその紫式部さまが写本の最後にわざわざ自ら恥じるようなあだ名を署名するものですか」

「なるほど」と奉親がまた感心する。

「しかもこれ、明らかに筆跡が違います。本文とは別の誰かが書き加えたのでしょう。仮に紫式部さま直筆の写本だったとしても、これだけで価値は相当墜ちました」

「そういうものなのですね」

　薄紅の姫は扇を開いて口元を隠した。

「まったく……。世の中に、道真公の書に加筆したうちの父みたいな人が他にもいたなんて」

「何かおっしゃいましたか」

「いいえ、別に」

　そのとき、奉親の隣でただならぬ気配がした。

「せっかくの写本に、いったい誰がこのような非道なことを」

義盛の声が低い。このときのさらに一段と低いその声は、髭黒(ひげくろ)の大将(たいしょう)の如き武士の怒りの強さを表しているようだった。

「落ち着きなさい、義盛。……しかし、仮にこの写本が偽物だとしたら、なぜここまで紫式部さまと筆運びを似せる必要があったのでしょうか。奉親さま、陰陽師(おんみょうじ)の業で何かこう、真相を暴いたりはできないのでしょうか」

「神の如しと称(たた)えられた賀茂光栄さまや祖父の安倍晴明ならともかく、私にはそのような力はありません」

涼しげな流し目は、薄紅の出方を注意深く観察しているようだった。

「そうですか……」薄紅の姫は高い音を立てて扇を閉じた。「この写本、薄紅の姫たる私への挑戦と受け止めました。薄紅の名にかけて、必ずや解決してみせましょう」

春の西日を受けながら、薄紅の姫が決意を固めていた。

その後、薄紅の姫は奉親と日が暮れるまで打ち合わせをした。途中、何度となく奉親が破天荒な薄紅に忍び笑いをもらしたり、常識人の義盛が「それは……」とか「本気ですか」と言葉を挟んだが、薄紅は止まらない。止まる気がなかった。

かくして、奇妙な写本を巡る薄紅の姫の探究が始まった。それは同時に、奉親に対して、二人といない彼女――「物語愛(め)でる姫」のさらなる深淵(しんえん)の姿を教えることになる。

翌日、「千字堂」から牛車に乗って薄紅の姫たちは出発した。

のだが……。

「行き先はいまは亡き藤原道長さまの嗣子・藤原頼通さまの邸でよろしいですね」

牛車の中で奉親が確認する。

奉親の横で身を屈めるように座っている義盛が無言で頷いた。

そして、奉親の向かい側で桜の重ね色目の狩衣を身につけた小柄な青年が、明朗に頷く。

「ええ。私もさすがに頼通さまの邸にはつてがなくて困りましたが、さすが陰陽師の安倍奉親さまですね。顔がお広いです」

「どういたしまして」

「この薄紅、必ずやあの写本の謎を解いてみせましょう」

奉親が含み笑いをした。「姫さま、『薄紅』と名乗ってはならぬでしょう」

するとその美男子――男装した薄紅の姫が、男のように闊達に笑った。

「ははは。そうでした。いまの私は薄紅ではなく『橘定義』でしたな」

薄紅は男装するにあたり多少の化粧をしているが、檜扇で口元ばかり隠しているものの、目元も額も思い切って人目にさらしている。もともとおっとりした顔立ちだったのが幸いしたのか、落ち着いた貴族の子弟に見えた。何しろ普段から物語を読み、書物に慣れ親しんでいる薄紅である。学問嫌いの貴族よりもよほど貴族らしい知性の宿った目と顔つきだった。

とはいえ、男装は男装である。女性であるはずの薄紅の姫が鼻筋辺りまで露わにしている状態なのだ。奉親は、本来ならあり得ない彼女の行動を瞳の中で何か推し量っているようだった。

「自信をお持ちなのですね」

奉親が口元を扇で隠しながら尋ねる。明らかに面白がっている声色だった。

その奉親は表に紫、裏に薄紫を使った菫の重ね色目の狩衣で、爽やかですらあった。

「ふふ。さすがに女の私では首が細いかもしれませんが、逆に頼りなげな貴族には見えましょう」

「見えますけどね？」

悲しげな義盛の目線をよそに、薄紅は朗らかだった。

「ああ、良い天気ですこと。こんな日に、顔を隠さずに外を歩けるのは滅多にないことですからとても愉快ですね。そうそう、奉親さま、ご存じですか。『源氏物語』では『首が細い』との描写で光源氏の若さを表現しています。同じ光源氏が四十の賀を迎えて堂々たる権力者となったときには『首が太い』と描写して中年の男の魅力を描いているのです。

それから――」

丁寧に頷きながら、奉親は妙に着慣れた様子の薄紅の狩衣での振る舞いを見て、檜扇(ひおうぎ)で口元を隠して隣の義盛に尋ねる。

「もしや、薄紅の姫さまはこんなふうにときどき男装して外出されるのではないか」

奉親の洞察力に目を見開きながらも、義盛の答えは端的だった。

「……そこに物語があるなら」

昨夜、打ち合わせのときに薄紅の姫が「男装して藤原頼通邸に同行する」と言っていた。しかし、奉親としては半分戯れ程度に思っていたのだ。今朝「千字堂」を訪れてみれば、堂に入った様子の小柄な貴族が待っていた。これはと察して聞けば、それが薄紅の姫だというではないか。思わず感心してその非常識を褒めてしまったほどだ。

一方で、常識を捨てきっていない義盛はずばり反対もしていたのだが、薄紅は笑って取り合わなかった。

薄紅は、写本の秘められた謎に迫れると、気分が高揚しているのだ。

義盛は無言でただ首を横に振る。その隙に薄紅の姫は意気揚々と牛車に乗り込んでいった……。

道中、薄紅の姫は饒舌(じょうぜつ)だった。

「千字堂」にいるときとは違った意味で薄紅の姫は生き生きとしている。咲き始めた花や芽吹いてきた緑の名を奉親に片っ端から質問した。奉親が草花の名を教えるとそれにまつわる物語の一節をそらんじる。『源氏物語』だけではない。他の物語や漢籍、古事記や日本書紀、風土記などを自在に引用した。

「坂東(ばんどう)の諸国の男女は桜の花咲く春や紅葉の赤染む秋に、手を取り連れ立って、神に供える食物を携え、あるいは馬に乗り、あるいは歩きで山に登って楽しみ遊ぶそうですね」

「ほう。それは……？」

「『常陸国風土記(ひたちのくにふどき)』の一節です」

「薄紅の姫は、本当に博識なのですね」

奉親がそう述べると、薄紅は扇の下で微笑んだ。

「博識ではありません。幼い頃、父が東国の受領(ずりよう)でしたので少し思い出しただけでございます」

「左様ですか」

「私はただ物語が好きなだけでございます。それに、書物ばかりで現実を知らぬことも多く、口惜しいばかりなのです。知っていれば、より深く物語を味わえるのではないかと。たとえば、藤原薬子(くすこ)が自害したときに使った毒が何であるかはっきりしていないと聞いていました。しかし、一説によれば鳥兜(とりかぶと)だとか。その現物を先ほど拝見いたしまして、とてもうれしく思いました。本当に葉が蓬(よもぎ)に似ているのですね」

「なるほど」と奉親が口の端だけで笑う。「では、せっかくですので鳥兜以外にも〝毒〟があることをお教えしましょうか」

「本当ですか」

するると奉親が外の草むらを閉じた檜扇で指した。小さな薄赤の実が鈴なりになっている。

「草苺や桜桃はもう少しした頃に食べる果実としてとてもおいしいものですが、同じ木の実でもあれは食べてはいけません」

「そうなのですか」

「あれは毒空木と言います」

「ああ、あれが」と薄紅が手を打つ。「書物で読んだことはありましたが、これも実物は初めてです。たしかに桜桃に似ていますね」

「あとあちらの木は樒。秋に実をつけます。仏事に使う抹香の元ですが、全株毒です」

「抹香は毒なのですか」檜扇を広げて口元を隠しながらも、薄紅の目は忙しく辺りを観察している。「……それにしても、ずいぶんとお詳しいのですね」

毒に詳しい陰陽師……奉親の得体の知れなさが増した気がする。

「普通ですよ」

「……一応、私、解毒のための薬は持ち歩いています」

「はっはっは。私を何だと思っていらっしゃるのですかな」

その開豁（かいかつ）さがうさんくさい。本当にこの若者と一緒に行動していていいのだろうかと思わなくもない。

「〝毒を食らわば皿まで〟です」

「――その言葉、本当は〝悪事に手を染めたならとことんまで悪事を貫く〟という意味ですよ。別に私は〝悪事〟をしてはいませんし、毒入り料理を食べさせて皿までなめよと言ったりしていません」

「当たっています」二重の意味で。奉親と行動を共にするのは、薄紅にとって〝毒〟かもしれないのだから。

「くくっ……。ところでご覧になっているものは、物語だけではありませんよね。先ほどの風土記や、藤原薬子に触れたように歴史書、紫式部のように日本書紀や古事記も読まれている」

奉親は無邪気を装いつつ、慎重に何かを探るような目をした。

薄紅は扇を少し上げて、目だけ出した。

「紫式部さまが書かれた物語の核心に迫りたいと思っているうちに、どんどん読むものが増えていってしまったのです」

「他にも物語だけではなく、租税の価まで覚えておいでとは」

「紙に文字が書いてあれば何でも読んでみたくなってしまって……」

「なるほど」奉親は面白い玩具を前にしたように目を細める。「ところで、その顔の隠し方、女房や女官みたいですよ」

「え？」

「男ならさりげなく口元を隠す程度です」

ぱちりと檜扇の音を立てて開き、奉親は軽く唇に当てる程度にした。

「ほう。それが男らしい振る舞いなのですね。勉強になります」

朗らかに喜ぶ薄紅に、奉親が外を見て小さく笑った。

「……一体どうなるか、見物ですね」


藤原道長の跡を継いで貴族たちの頂点に立った藤原頼通の邸は、贅を尽くしていた。門構え一つとっても、一分のずれもない。一見したところ何ともない地味な木組みに見えても、よくよく見れば組み立て方の想像もつかなかった。

「これが、藤原頼通さまの邸なのですね」

牛車から降りた薄紅が思わずつぶやいた。奉親に教わったとおり、檜扇を軽く開いて口元をそっと隠すにとどめている。

「私も初めてです」と義盛が薄紅にささやいた。声に緊張の色が若干混じっている。「奉親どのだけが頼りです」

厳めしい外見の義盛が神妙にそう言う姿は、奉親には微笑ましく感じられる。

「私もそれほどしげしげと通っているわけではありませんが、お任せください」

門を守っている下男に奉親が名を名乗ると、ほどなく邸の門が開く。

陰陽師・安倍奉親とその供の者たち、として押し切っていた。

下男に案内されて廊下を行く。

「これは……」と薄紅が廊下から見える中庭を見て苦笑した。「内裏に植えられている木ばかり」

橘、梅、桜……内裏を飾っている木々と同じ種類のものが中庭にたくさん蒐集されている。だが、しょせんは一貴族だ。内裏ほど広い土地はないから、どうしても押し込めたように見える。奉親には「藤原頼通」という人間が見えるようだった。

案内された部屋で待っていると、しばらくして頼通がやってきた。

「やあ、安倍奉親どの。いつも世話になっている。今日は珍しく大勢できたな」

廊下をやってくる足音をさせなかった丁寧な立ち居振る舞いと、ざっくばらんな声掛けが、不思議に同居しているのが頼通という人間なのだろう。紋が丁寧に織り込まれた狩衣は見るからに上等だった。

若い奉親が改めて深く頭を下げた。

「突然、供の者と押し掛け、申し訳ございません」

「かまわんぞ。陰陽師とはそういう者だと父からも聞いている。父が頼りにしていた賀茂光栄どのの神出鬼没ぶりは殊に有名だった。おぬしの祖父の安倍晴明もふらりとやってきては重要な用件を話したと言うから、孫のおぬしも似たのだろう」

「は」と奉親が短く答える。

この間、薄紅と義盛は顔を伏せたままだった。顔を見られるのが少なければ少ないだけ、薄紅の男装がばれる可能性は低くなる。

「して、今日はどのような用件だ」

「一昨日（おととい）ご相談いただきました、頼通さまがご覧になった夢の意味、解いてまいりました」

奉親が顔を上げると、頼通が身を乗り出してた。

「おお。私が未知の病で死んでしまったという夢の意味だな。さすが安倍晴明の孫だ。まだこの年で父のところへは行きたくないからな。して、どうであった？」

「そのことなのですが」と、奉親が檜扇を小さく開いて口元を隠した。「少々場所を改めさせていただきたいのです」

「何と」

「いろいろ占ってみたのですが、亡きお父上・藤原道長さまの遺物などを確かめさせていただいて、最後の答えとさせていただきたいのです」

奉親が神妙な顔で申し立てると、頼通は眉をひそめた。

「父の遺物となると結構な量があるが」

「書物とか手紙とか、そういう文字にかかわるものがいいです」

「分かった。案内しよう」

頼通は歩幅が大きい。薄紅は小走りになるのを抑えながら、一生懸命後を追った。

「大丈夫ですか」と義盛が小さな声で確認したのを、意外にも頼通は聞き逃さなかった。

「ああ、すまない、すまない。どうも私は貴族にしては歩く足が速いと父にいつも怒られていたのだ。そちらの小柄な方には少しつらかったかもしれんな」

「いいえ、とんでもありません」

と、薄紅が伏し目がちに礼をすると、頼通は楽しげに笑う。

「ははは。陰陽師とはいろいろな人々がいることだ。奉親どののお供の方は童のように小柄な貴族。かと思えばもうお一人は仁王の如き勇猛さ。おぬしら名前は何と言う？」

「橘定義と申します」と薄紅。

「清水義盛です」

「定義どのと義盛どのか。よろしく頼む」

「はい」

と薄紅が返事をすると、頼通が眉をひそめた。

「ときに奉親どの」

「何でしょうか」

「陰陽寮の陰陽師に、一人、ちと変わった風貌の奴がいるだろう？　何というか、らっきょうをひっくり返したような頭の」

「私の先輩に当たりますが」

「あいつ、当家に出入りしてほしくないのだが」

「何かございましたか」

と奉親が追及すると、頼通はうんざり顔をする。

「あいつ、一人一人に言う話が少しずつ違うんだよ。そのくせぬらりくらりと自分に責めがこないように立ち振る舞っている」

ひどい振る舞いだな、と思った薄紅は、

「二枚舌とか嘘とかいうものは、後宮でももっとも嫌われる行為の一つでございます」

と、思わず口に出てしまった。

途端に頼通が好奇のまなざしを向けてきた。

「ほう。おぬし、後宮に詳しいのか」

「え、あの、あくまでも伝聞でございます」

薄紅が困っていると、そばで奉親が鋭く小さく息を吐いた。

「その『らっきょう頭』、頼通さまが来るなと命じてもよいのですが」

　奉親が話題を戻すと、頼通が嘆息した。

「そうしたいのはやまやまなのだけど、当家の女房どもの一部に熱烈な人気があってな。切るに切れなくて困っているのだよ。まことに、うまく立ち回る。おぬしにいろいろ相談しているのに、なぜ別の、しかも気持ちよく付き合えない陰陽師を出入りさせているのか、ときどき分からなくなってくる……」

「それは──ご愁傷さまです」

「……ときに奉親どの。先ほど、先輩だと言っていた割には『らっきょう頭』とは。おぬし、大胆だな」

「ふふっ。お聞き間違いでしょう」

　案内されたのは北向きの局だった。他の局や間と違って、ここだけ妙に雑然としている。書物や紙束がいくつかの山になっていた。

　薄紅には「千字堂」のようで落ち着く。

　最高権力者だった藤原道長は一体どんな書物を読んでいたのだろう。できるなら乗ってきた牛車に片っ端から積み込んで持って帰ってしまいたい。それらを「千字堂」で寝転んで読んだら、きっと楽しいだろう……。

「父の邸から運んだ主な書物や手紙の類だ。あまりに汚いものや古いものは捨てようと思っているが」

「何てもったいないことでしょう」と思わず薄紅が声を上げてしまった。

「ふむ？　もったいないかな」

と頼通が奉親に尋ねる。

「まあ、多少もったいないかもしれません」

奉親が口元を檜扇で隠しながら、こっそりと薄紅の腕をつねった。

「いたっ」予想外の攻撃に跳び上がりそうになる。

「どうなされましたか」

「いや、あはは……この床板が非常に素晴らしいでございますな」

「ほほう、定義どのは目利きであられる。この床板は――」

話を遮るように、奉親が扇をぱちりと閉じた。

「道長さまは書物を読むのがお好きだったようですね」

奉親が無邪気そうに感心したような声を発すると、頼通は苦笑した。

「世間では何だかんだと言われていた父ではあったが。邸では黙々と書物を読んで過ごしていたものだ」

「どのような書物を――？」

と、薄紅より先に奉親が続きを促す。薄紅が少し頬を膨らませた。

「漢籍や歴史書が多かったように記憶している。歌集も好きだったが、やはり『源氏物語』が好きで、女房に朗読させてゆったりと聞いたりして。光源氏は臣下として位人臣を極めただろう？　だから、父は密かに太政大臣となった自分を題材にして光源氏が出来たのではないかと思っていた節があって」

「それは、それは」

と薄紅が口元を隠して微笑む。道長は、光源氏並みに出世したかもしれない。けれども、〝光り輝く美しさ〟という光源氏の美貌には足元にも及ばなかったのではないか、と薄紅はおかしくて仕方がない。

「『源氏物語』といえば、確か道長さまは『源氏物語』の作者、紫式部の庇護もされていましたよね？」

と、若々しい奉親が素知らぬ顔で尋ねる。この辺りでは口を挟まないようにと、奉親も義盛も薄紅に念押ししている。

「うむ。帝を自分の娘のもとに通わせるためにも、紫式部に『源氏物語』を書かせて最も早く読めるように仕組んだのだから、我が父ながら何とも。ははは」

薄紅は少しかちんとなった。この頼通という男は『源氏物語』を政治の道具として考えているのか。一言言いたいが、奉親の目が「黙っていろ」と脅迫していたので許してやった。

奉親は目線で薄紅の姫を抑えつつ、話を進めていく。その器用さはさすが〝晴明の孫〟だった。

「これらのなかで、特別に道長さまが思い入れ深かった書物はありますか」

「ふむ？」

「あるいは手紙など。文字を書き連ねたもの、というのが正確でしょうか」

「それなら、父が別に選り分けてしまっていたものがある」

局の奥から、頼通が大きめの文箱を持ってきた。丹念に漆が塗られ、螺鈿で丁寧な細工がしてある。まるで宝箱のようだった。

ふたを開ければ、さまざまな紙束や竹簡が押し込まれている。

「定義どの」と奉親が薄紅を促した。「いかがか」

薄紅は、はやる心を抑えて文箱の中をあらためた。

特に念入りに調べているのは竹簡の文字である。

「これは——道長さまの御筆跡とは違うようです。女性らしいやさしい筆運び。書いてある内容は『源氏物語』の一節に近い。しかし、書きかけで終わっているところを見ると、紫式部さまが書いていた原稿そのものでしょうね」

道長の支援があった紫式部といえど、原稿段階では紙をやたらと使うわけにはいかなかったようだった。こうして書き上げた原稿を改めて紙に書き写して写本とし、流布させるのである。

薄紅は目眩がした。紫式部の本物の原稿が目の前にある。少しくらい持って帰れないだろうか。狩衣は袂も腹の辺りもゆったりしているから、奉親が頼通の目をそらしてくれれば……。

背後で義盛が咳払いをした。振り返ると、黙然とした顔で首を小さく横に振っている。目の前で甘い果実を取り上げられた童のように、薄紅は懊悩した。

原稿を盗んだ道長の気持ちが痛いほど分かる。

だが、盗みはいけない。『源氏物語』を愛すればこそ。

万が一にもその矜持を忘れてはいけないと義盛に付いてきてもらったのだが、よかった。

我を取り戻した薄紅はさらに奥を探る。同じく『源氏物語』の写本が二冊。どちらもごくありきたりな青い紙を表紙にしていた。作りとしては高価ではないが、筆跡からしてこれも紫式部直筆だ。

薄紅は閉じた扇を唇に当てて唸った。

「どうですか」と奉親が尋ねる。

「道長さまの筆跡を見せていただいていいですか」

「父の筆跡……。あ、日記めいた書き付けがあったはず」

頼通が見せてくれた道長の書き付けを見た薄紅が、奉親に頷いた。

「だいたい分かりました」

と奉親が厳かに告げ、右手の人差し指と中指を合わせた刀印を結んだ。身を翻して頼通に向き直った。

「目を閉じられよ」

と奉親が言い、慌てて頼通が言われた通りにする。

奉親も目を閉じると、狩衣の袂を翻しながら大きく五芒星を切った。

「魔障退散、怨敵調伏、生霊撃退、万軍勝利、天運招来っ――」

最後に気合いと共に刀印を真一文字に振り下ろす。奉親の気合いに頼通が震えた。

奉親が「もう結構です」と告げて頼通の目を開かせる。若者らしく整った顔立ちの奉親が、いままでにないやさしい笑顔を浮かべた。

「い、いまのは――？」

「諸々の運気の滞りを祓いました」

「何か父の遺品があやしのことを引き起こしていたのか」

「いいえ。定義にも確かめさせましたが、それは幸いありませんでした」

「おお、左様か」

「ご相談の夢の件ですが、吉夢です」

「何と」

「古い自分から新しい自分へと脱皮していく羽化登仙の境に頼通さまがおられると知らせる夢です。自分も周りもこれから動きます。その変化を良い方向にするか悪い方向にするかは、頼通さまの心一つ。私にできるのは、あくまでも邪を祓うだけ」

それが今の五芒星であると奉親が一礼する。

安心した頼通は相好を崩した。

「そうかそうか。五芒星は安倍晴明が得意の呪（しゅ）と聞いている。さすが晴明の孫、他の陰陽師（おんみょうじ）とは迫力が違うはずだ。ありがとう」

上機嫌な頼通の声を聞きながら、薄紅はそっと中庭を見た。その気配に気づいたのか、雀の子らが慌ててどこかへ飛んでいった。

頼通の邸を出た三人は、牛車（ぎっしゃ）に揺られていた。

薄紅も奉親も沈黙している。

大路を行き交う人々の話し声や童（わらわ）たちのはしゃぐ声が聞こえた。しかし、薄紅と奉親はそれぞれ違う方向を向いて黙っている。

義盛が咳払いをした。

「あー、奉親どのの先ほどの迫力、すごかったですな」

奉親が義盛に向き直ると、にっこり笑った。

「ちょうど頼通さまの邸へ行く用事があってよかったです。夢解きも終わっていましたし。それを利用して道長さまの遺品に辿り着けたのは予定通りでしたね」

「奉親どのは」と、薄紅が口を挟んだ。「これまで物語はあまり読まれないでこられたのでしょうね」

帰りの牛車で初めて薄紅と奉親の目が合った。檜扇で口元を隠しながら、奉親が答える。

「ええ」

「初めてお会いしたときにも申し上げましたが、読まれるとよいと思います。忙しく務めを抱えている男の方々であればあるほど、物語に心を泳がせるべきだと私は思っているのです」

「ほう」

「現世ではいろいろな出来事があっても、物語は読み手を裏切りません。もちろん、普段のお勤めあっての物語を読む時間ですが……。ただ、現世の自分だけではなく物語の中で登場人物たちと同じ空気を吸っているもう一人の自分を持っていると、気が楽に持てるというものです」

「楽……」

「宮仕えで嫌なことがあっても、物語では自分は光源氏や紫の上たちの友人なのだ、と。

普段は光源氏や紫の上たちと優雅な貴族生活を満喫していて〝気晴らしに〟宮仕えをしているいると思えば、耐えられます」

奉親は声を上げて笑った。

「くくく。それはいい」

「いいでしょう？」

薄紅の姫は面と向かっては言わない。まだ会って日が浅いからだ。しかし、言わんとすることは明確だった。――奉親は奉親。周りが晴明と引き比べたり、晴明の孫と呼んだりしても、自分の世界を持っていればいい。ただ、ときどき〝気晴らしに〟晴明の孫をやっていればいいのだ、と。奉親とて、そのくらい分かるだろう、と思う。

「薄紅の姫さま、あなたはまことに一緒にいて退屈しないお人だ」

「……褒め言葉として受け取っておきます」

「どういたしまして」

牛車は、薄紅の願いで雲林院へ向かった。淳和帝の離宮・紫野院があった場所で、紫式部の墓所がある。薄紅の姫はその墓所へ懇ろにお参りをすると、立ち上がった。ここまで黙って付き合ってくれた奉親と義盛へ振り返る。

「謎は解けました」

薄紅の姫はそう言ってかすかに微笑んだ。

「では、あの写本は——」

奉親が尋ねてくるのを、薄紅は押しとどめる。

「明日、もう一度、『千字堂』へ来てください。そこでお話ししましょう」

西日が薄紅の狩衣を照らし、まるで炎のように赤く染め上げていた。


翌日、「千字堂」に奉親が訪ねてくると、いつもの局で薄紅は待っていた。

「お待ちしていました、奉親どの」

もう御簾の向こうではない。その名の元となった紅の薄様の襲色目の姫装束だ。その傍らには、奉親が差し出した「桐壺」の写本がある。

「昨日はお疲れさまでした」

と奉親が挨拶した。

年かさの女房——阿波のおもと——が白湯を用意する。

「今朝は冷えましたね。まるで冬に戻ったみたいで。昼を過ぎてもあまり春らしくないので、姫さまから」

と、阿波のおもとが愛想よく白湯を差し出した。そのまま局の隅に控える。今日は同席するように薄紅が命じていた。

「恐れ入ります」

その〝姫さま〟はといえば、昨日の帰りの牛車での鬱屈(うっくつ)とした表情が嘘のように晴れやかな顔をして白湯で手を温めている。奉親が白湯を一口含み、器を下ろすのを待って、薄紅も白湯を下ろした。

春のような微笑みのまま、薄紅の姫は傍らの写本を持った。恭しく奉親の前に差し出し、そのまま軽く礼をする。

「こちらは受け取れません。謹んでお返し申し上げます」

透き通った薄紅の姫の声に、局の全員が息を呑(の)んだ。

そこから最初に声を上げたのは奉親だった。

閉じたままの檜扇(ひおうぎ)を手に持ち、薄紅の姫に笑みを返す。

「それは――この写本が偽物、つまり紫式部直筆ではないと判定されたからですか」

すると、薄紅の姫は艶(つや)やかな黒髪を左右に振った。

「そうではありません。むしろ、私の見立てが間違っていました。この写本は、紫式部さま直筆の『桐壺』の写本に間違いありません」

義盛と阿波のおもとが声にならない声を上げる。

「姫さま、それは――」と言いかけた義盛を、薄紅は白い手で制止する。

「紫式部さま直筆の写本ですが、最後の『日本紀の御局より』のところだけは別人です」

奉親は檜扇を顎に当てて尋ねた。

「それは誰ですか」

薄紅の姫は苦笑する顔でその名を明かす。

「藤原道長さまです」

「ふふっ」奉親が檜扇を少し開いた。「昨日、道長さまの筆跡を確かめて分かったのですね」

奉親の問いに、薄紅の姫は「ええ」と頷いた。

「薄紅の姫さま、紫式部さま直筆の写本ならお返しになる必要はないのではありませんか？　そもそもその写本は、奉親さまが姫さまのお知恵を借りた対価として差し出されたものです」

阿波のおもとが反論すると、薄紅の姫は何度か頷いた。

「ええ。阿波のおもとの言い分はよく分かります。黙っているけど、義盛も同じ気持ちでしょう」

「ええ、まあ……」

と義盛があぐらの足首を握りながら身体を前後に揺らしていた。

「ふふ。でもこれは、私が受け取ってはいけないものなのです」

「どうしてでございますか」と阿波のおもと。

薄紅の姫は優雅な絵の描かれた衵扇を広げて口元を隠した。

「この写本は、当然ながら写本です。『原稿』ではありません。私も驚いたのですが、原稿には他の物語作者と同じく竹簡が使われていました。まあ、それを拝見できただけでも、私としては天にも昇る心地だったのですが」

脱線しそうになった薄紅を、義盛が「ごほん」と咳払いで戻す。

「道長さまといえど、いつまで続くか分からない、あれだけの長編の下書きや原稿のための紙までは用意しきれなかったのかもしれません。いずれにしても『源氏物語』も他の物語と同じく原稿をまとめ上げ、それを書き写し、写本として流布されました。写本はその字の如く原稿を書き写したものです。だから、普通は手に入りやすい紙を使います。高価な紙では写本の値段が上がってしまい、私たち女官女房には手が届かなくなってしまいますから」

「たしかに、そうですね」と奉親が写本に目を落とした。

「ところがこの写本の表紙はとても上等な薄紫の紙を使っている。最初は紫式部さまのご趣味かと思いましたが、それは半分正解、半分間違いでした」

「それは、どういう意味ですか」

奉親の問いに、薄紅の姫は別の角度から話を続ける。

「『源氏物語』は素晴らしい作品です。しかし、長い。全五十四帖ものお話を書き上げるには、作者といえど紫式部さま一人の努力では残念ながら無理だったでしょう。物語を流布させ、評判を得て続きを書くための物心両面の支援が必要です」

「藤原道長さまの後ろ盾があったから可能だったわけですね」

薄紅の姫は頷き、続けた。

「物語作者にとって最高の幸せは何でしょうか」

「はて……」と、義盛と阿波のおもとが顔を見合わせている。薄紅が微笑んで続けた。

「私も多少書き物をするから分かりますけど、それは物語を書くことです」

「なるほど」と義盛が頷いた。

「では、物語作者にとって最大の苦しみは何でしょうか」

「それは——物語を書けないことですか」

義盛の答えに薄紅が袙扇を閉じた。

「それも苦しいものです。しかし、同じくらい苦しいのは物語を書き続けることです」

「……なるほど」奉親も扇を閉じる。

「創作の耐えがたい苦しみを越えて、これだけの長編を最後まで書き上げられれば、その喜びは天上の幸せにも匹敵するほどでしょう」

「薄紅の姫さまのおっしゃる内容は分かりました。しかし、そのことがこの写本とどのような関係が……？」

奉親が年に似合わず深みのある瞳で重ねて問うと、薄紅は再び笑顔になった。

「道長さまは書きかけの原稿を盗むほどの——やや迷惑かもしれないけれど——熱心な読者でもあられました。その方の支援があってこそ『源氏物語』は生まれたのです。紫式部さまはそんな道長さまに報いるために、改めて自らの手で『桐壺』の巻を書き写し、献上したのでございます」

奉親が目を丸くする。

「それが、この写本だというのですか」

薄紅の姫は夢見るような笑顔で、写本にそっと触れた。

「この『桐壺』は、『源氏物語』という巨大な物語の幕開けの一巻です。世に知られるや、道長さまのような熱心な読者を得る一方、帝や内裏を題材にするのは不敬だと厳しい批判者も出ました。嵐の如き賛否両論を巻き起こしながら、名もなき女房をして、帝から『日本紀の御局』と呼ばれるまでにした一巻。道長さまに紫式部さまを見出させた一巻。すべてはこの一巻から始まったのです」

奉親が深々とため息をついた。

「たしかに『源氏物語』がなければ薄紅の姫さまはここにいないでしょうし、私たちも出会っていなかったでしょう」

「ふふ。そうかもしれませんね。紫式部さまは、それらすべての心からの感謝と共に、最も熱心な庇護者であった藤原道長さまに、もう一度、『桐壺』を捧げた。だから、普段より丁寧に書いていて、細かなところの筆跡が違っていたのでございます」

「筆跡の違い……解けてみれば簡単な理由だったのですね」

「解けた謎はみな簡単なものでございましょう。あくまでも、私の推理ですが」そう言って薄紅は奉親の目を覗き込むようにした。「この写本を献上されたときの道長さまの喜ぶ顔が目に浮かぶようではありませんか」

　外見からはそうは見えないが、人の思いに共鳴しやすい心を持った義盛が「まったくです」と涙をこぼしていた。

「道長さまにとっても、この写本は大切な宝物の一つだったでしょう。一度、賀茂光栄さまが受け取りを断られたと言っていましたよね？　賀茂光栄さまはそこまで見抜いていらっしゃったのではないでしょうか。だから、断られた。そして今、私も同じようにご辞退申し上げるのです」

　薄紅の姫が締めくくりの言葉とばかりに頭を下げると、奉親が口の端で笑ってみせた。

「やれやれ。それではその写本を受け取ってしまった私の父は、そのような事情に気づかなかった無粋者、ということでしょうか」

「いいえ。そうとも言い切れませんよ」

「おや？」

奉親の瞳が光った。

「道長さまがお父上である安倍吉平さまにこの写本を渡したのは出家の直前とおっしゃっていましたね？」

「はい」

「出家の時には俗世のものをすべて捨てなければいけません。しかし、道長さまにとって、この『桐壺』は捨ててしまうにはあまりにも惜しかったのでしょう。かといって、残していても頼通さまの管理は心許(こころもと)ない。実際私たちが訪れたとき、局に山積みにされていただけでございましたでしょう？　その辺りの事情を察して、お父上はあえてお受け取りになったのかもしれません」

「まあ、たしかに……頼通さまは、道長さまの遺品の扱いが乱雑です」と奉親が苦笑する。

「本当に最低でした。昨日は奉親どのの案内で行った手前我慢しましたが、あれでは原稿もかわいそうというものです。何か理由をつけて召し上げられないものかしら――」

薄紅が不穏な策略を練り始めた。半ば本気の様子に奉親は笑い、義盛ははらはらと目をさまよわせている。奉親がふと思いついたような顔になった。

「道長どのと紫式部どのは男女の仲でもあったと噂されていましたよね。この写本を大切にした気持ちには、そんな思い出もあったのでしょうか」

なかなかきわどい質問に、薄紅は少し驚いたようだったが、すぐに笑顔に戻る。

「さて、それは私には分かりません。ただ――」

「ただ？」

「自分が敬愛する物語の作者が自分のためだけに作ってくれた書物を、むざむざ反故になどできるものですか。道長さまも物語を愛する方だったのですから」

外で鶯が鳴いている。薄紫色の表紙の写本は何も語らず、二月の太陽に照らされていた。

第二章　夕顔のもう一つの顔

都は五月雨の季節になっていた。

内裏に植えられた樹木の新緑が、雨に濡れそぼっているさまは、何ともあはれだ。

「はあ。よく降りますね。ついこの間、娍子さまが桜の舞う中で厳かに中宮におなりになったと思ったのに、もう五月雨の季節ですのね、菅侍従」

と、年若い右近がため息をついていた。

菅侍従こと薄紅は右近と二人で娍子中宮の衣裳に薫香を焚きしめているところだった。

「五月雨は別にいいのですけど、ときどき火桶が欲しいほど寒い日になるのは勘弁してほしいものよね」

薄紅がそんな嘆きを漏らすと、右近がころころと笑う。

「まるで年かさの女房か源典侍さまみたいではありませんか」

右近の無自覚の発言に、薄紅は軽くめまいを覚えた。これが若さか。今日がその〝火桶の欲しい日〟だというのは心の中にしまっておこう。薫香のわずかな暖で我慢我慢。

「源典侍さまといえば、先だっての代筆、ありがとうございました」

「とんでもないことです。その分、私の仕事も手伝っていただきましたし」

「また次もお願いしていいでしょうか」

「ええ。――それにしても不思議なことです。菅侍従は仕事も良くお出来になって、すごく字がきれいそうなのに」

「ご迷惑をおかけして恥ずかしく思っています」

噂をすれば何とやら。上役の源典侍が今日の空のような憂い顔でやって来た。

「ああ、菅侍従、こちらでしたか。昨日頼んでおいた中宮さまの新しい文箱（ふばこ）のしつらえ、どのようになりましたか」

薄紅は目をむき、思わず右近と顔を見合わせた。

「中宮さまの、新しい文箱……？」

「ええ。どうなりましたか」

薄紅はなるべく申し訳なさそうな顔と声を作った。

「あの、源典侍さま、そのお話、初めて伺うのですが……」

「初めて？　そんなはずはないでしょう。昨日、たしかに申しつけました」

「あー……」

そう言われても初耳なものは仕方がない。どうしたらいいのか。

「今度、帝がお渡りになるときにそれとなく帝にもご覧いただくはずでしょう」

源典侍が目をつり上げているが、こればかりはどうしようもなかった。

存じませんと申し訳ございませんを繰り返す覚悟を薄紅が決めたときだった。

「源典侍さま？」

と鳥のさえずりのようなきれいな声がした。蘇芳の色も鮮やかな撫子の襲色目の単を身につけている。中宮つきの上臈女房の一人、中納言だった。

「これはこれは、中納言さま」と源典侍がかしこまる。

中納言の年齢は薄紅とほぼ同じくらいだった。すでに二人の子の母でもある中納言だが、間近で見ると上品で若々しい。衣裳の薫香もみずみずしく、気持ちが晴れ晴れとするような香りを選んでいた。

普段の中納言は、娍子中宮の話し相手や物語の読み聞かせをしている。中宮の話し相手はともかく、物語を読み上げている仕事とは、はっきり言ってうらやましい。薄紅にとっていつかなりたい理想の役目の一つだった。

「いまお話しの新しい文箱ですが、昨日は中宮さまが装飾について決めかねていらっしゃったのではないですか」

中納言が小首をかしげて尋ねると、源典侍の方が焦り始めた。

「え？　さ、左様でございましたでしょうか」

「ええ。ですから、私、ちょうど中宮さまから文箱の装飾の指示をお預かりしてこちらにやって来たのです。源典侍さまがいらっしゃらなかったので、伊勢さまに言付けました」

「あ、ああ。左様でしたか」

薄紅は心の中で額を拭った。源典侍が慌ててその場を去ると、中納言が薄紅と右近を振り返った。

「源典侍さまは長年後宮にいらっしゃるし、よい人なのだけど……どうか許してやってくださいね」

「いえ、そのような」

薄紅たちが恐縮すると中納言が少し遠い目をする。

「このところ、後宮では五月雨のようにすっきりしない日々が続いていますからね。源典侍さまもいらいらされるのでしょう」

「は、はい――」

「娍子さまが中宮に立たれて、それはめでたいのですが……。皇后宮となられた禎子内親王さまの方は手放しで喜べないかもしれませんよね。もともと娍子さまの入内が養父の藤原頼通さまの横紙破り。中宮さま自身に罪はないのだけど……」

「え、ええ……」

薄紅は反応に窮した。中納言が話している内容が、あまりにも繊細な事柄だったからだ。

実際、困った噂も聞いている。賀茂神社の祭りに車を出したときに、場所取りで双方の女房たちで多少のにらみ合いがあったとか。それこそ、『源氏物語』に出てくる光源氏の正妻・葵の上と、愛人・六条御息所の車争いみたいではないか……。

単なる噂にしても、あまりよい話ではない。それは中納言も分かっているようで、いたずら好きの女童のような笑みを浮かべた。

「うふふ。私がこんなことを言っていたなんて、内緒ですよ？　源典侍さまに怒られてしまいますわ」

「みな中宮さまや皇后宮さまのお人柄の良さを、尊敬申し上げています」

控えめに薄紅がそれだけ言うと、中納言は橘の花のように楚々と微笑んだ。

「あなたたちがそう言ってくれるのはとてもうれしいけど。中宮さまと皇后宮さまの女官女房たちそれぞれの立場での対立が深くなっていましたものね」

まだ踏み込むのですかと、薄紅は内心ひやひやする。

「娍子中宮さまも禎子皇后宮さまも、そのようなことはお望みでないでしょうに」

薫香を十分焚きしめた衣裳を香炉から外しながら、薄紅が嘆息してみせた。必ずしも演技ではない。同時に中納言の危険な話題をうまく収拾させたい狙いもあった。

「菅侍従はおやさしい方なのですね」

中納言が綿毛のように微笑んだ。薄紅は少し照れた。

「恐れ入ります」

「菅侍従や右近の働きは中宮さまもよく知っておられます。源典侍さまだって表面はああいう態度ですが、お二人を頼みにされているのはよく分かります」

「もったいないことでございます」

中納言が衣裳を翻す。五月雨の合間の陽光のように中納言は去っていった。


「……というやりとりが後宮であったのでございます」

その日、「千字堂(せんじどう)」で薄紅が、ある〝作業〟をしながら奉親(ともちか)に今日の後宮のあれこれを話していた。

先日の出来事があってから、奉親は気が向くまま、思いついたように「千字堂」へ訪ねてくる。頼通も、陰陽師(おんみようじ)は急に現れると言っていたし、そういうものなのかもしれない。

薄紅としては来ないでほしいのだが、奉親があの笑みを顔にはりつけては何かと理由を作って訪ねてくるのだ。

そうなれば、あの笑みに引っ張られて、いつの間にか薄紅も話を始めてしまう。

ぱらり、ぱらり——。

「これはまた……。陰陽師とはいえ、私のような外部の者に、軽々しく後宮のお話をなさらぬ方がよろしいのでは」

「奉親どのが〝軽々しく〟他にお話しにならないと信じております」

薄紅は膨大な書物と紙束に囲まれながら、御簾の向こうの奉親に対して、腰に手を当ててる。

「千字堂」を打つ雨音が高くなった。薄紅が〝作業〟に戻る。

ぱらり、ぱらり――。

ちなみに、義盛は奉親の横に、阿波のおもとは薄紅のそばにいた。二人とも涼しい顔で
おのおのの〝作業〟を続けている。

「ふふふ。薄紅の姫さまは本当に、をかしな方だ」

ぱらり、ぱらり――。

阿波のおもとが〝作業〟の手を休めずに呟いた。

「ここは薄紅の姫さまにとってはもう一つの〝家〟です。家で何を言おうがいいではない
ですか」

義盛が頷き、補足する。

「ただし、それをわれわれが他言するとなると」

「話は別、ということですな」

奉親と義盛が顔を見合ってにやりとする。

ぱらり、ぱらり――。

奉親が扇を閉じた。

「それにしてもみなさま、何をされているのですか」

薄紅たちがしていた〝作業〟とは、書物や紙束を一枚一枚めくることだった。ときどき、扇であおいだりしている。

「五月雨でじめじめしているでしょう？　こうやって書物や紙束をめくって空気に通しておかないと、湿気で紙が傷んでしまうのです」

「なるほど……。大変ですな」

「ええ。大変なのです」と言いつつ、薄紅は微妙にうれしげな顔をしている。「こういう面倒くさいところも物語や書物の素敵なところなのですよね」

「ふむ」

「この紙をめくる音、紙の手触り。素敵ですよね」

「くくく。素敵ですか」

奉親も手近な書物を勝手にめくり始めた。

「こうやっていろいろな書物や紙束をめくっていると、また新しい発見があるんですよ」

ぱらり、ぱらり――。

「をかしなものですね」

「ここにあるものは、ぜんぶ読んだものばかりです。けれども、こうやって空気を通しているときにふと目がとまった箇所がまた新鮮に見える。ふふ。そこでふと読んでみれば、新しい感動に出合えるのです。まさに温故知新。ああ、物語って本当に尊い……」

言っているそばから、薄紅はめくっていた書物に目を落とす。『伊勢物語』だった。

「奉親どの、お手伝いいただけるとはうれしいです。できれば、もう少しこんな感じで……」

と、真面目な義盛が控えめに指導する。

「こうですか」

「そうそう。綴じてあるところまできちんと空気が入るように」

薄紅は『伊勢物語』を眺めながら、指摘した。

「思い出しました。あの空蟬の件で私は知恵をお貸ししましたが、まだその〝お代〟をいただいていないと思うのですが」

「あの写本はダメでしたものね」

「本来であれば義盛に袋だたきにされても文句は言えないところです。ただ、あの写本にまつわるあれこれが美しかったので特例で、出入りを許しているのです」

「その分、こうしてお手伝いしていますので」

「何となく勝手にお始めになったような気もしますが。——ああ、『伊勢物語』もたまに読むと素敵。でも……」

「やはり『源氏物語』ですか」

　と奉親が半分からかうように尋ねたのだが、薄紅は真面目な顔で腕を組んだ。

「そうですね。『伊勢物語』は女の描き方が物足りない。一説には作中の女は小野小町を基にしたとも言われているけど、女の心を分かっていない気がするのです。やはり、『伊勢物語』は男の物語ですね」

　奉親は局一杯に広げられた書物や紙束を見渡して、小さくため息をついた。

「それにしてもどこを見回しても文字、文字、文字――。『千字堂』とはよく言ったものですね」

「無数の物語を蒐集する場所なので『千物語堂』とかも考えたのですが、語呂がよくなかったもので変えました。結局、〝数多くの文字があるお堂〟として『千字堂』と名付けたのです」

「そういういわれでしたか」

「結果的にはよかったと思ってます。集まってきたものは物語に限らなかったのでございますから」

「なるほど。でも、やはりいちばんは『源氏物語』なのですね？」

「ひいき目なしにいろいろな女性の生き方や息づかいが聞こえてくるのは『源氏物語』で

す。それが魅力の一つでございます」

『源氏物語』の重要な舞台の一つである後宮にお勤めですしね」

「ええ。夢のようでございます」と薄紅が微笑む。掛け値なしの純粋な笑顔のまま、こうつけ加えた。「後宮といえば、禎子皇后宮さまが出ていってしまわれたそうです」

「ほう……？」奉親が、鼠を見つけた猫のように、目を細めて口端を上げた。「詳しく伺いたくなりますね」

薄紅は狼狽した。まさか関心を寄せるとは……。

「陰陽師であれば、後宮の動きくらいすでに読んでいたのではございませんか」

「それは兄のような、もう少し上の位の陰陽師の仕事ですので。皇后宮さまが後宮から出ていかれた……。これはいろいろ動くことでしょう」

「動く……まあ、そうかもしれません。奉親どのの言っている意味と私の言っている意味は、違っているかもしれませんけれども」

「大事ではないですか。何故に薄紅さまがそんなに平然としているのかも気になりますね」

と、奉親が不敵な笑みを浮かべる。やはりこの若者は油断ならないと、薄紅は気を引き締める。

「たしかに大事です。しかし、あまりにも上の方の出来事すぎて、私のような者には実感が湧かないのも事実です」

　薄紅はとぼけた声をしてみせた。

「そんなものですか」

「奉親どのだって、右大臣が誰になったとか左大臣が変わったとかいうことが、どの程度関係しますか」

「くく。だからあなたは、をかしで、飽きない。そう言われれば間違いとは言えません――。しかし、関係するときもありますよ」

「私だってその程度です」と薄紅が次の書物に空気を当てはじめた。「噂好きの女房は蜂の巣を突いたように大騒ぎしていますけど」

「そんな噂話より『源氏物語』ですか」

　奉親が含み笑いの顔でそう言うと、薄紅が一瞬きょとんとした。それから藤の花のように笑った。

「奉親どの、私のことが分かってきたようですね」

　笑いを収めた奉親が、書物を空気に再び当てはじめた。

「ありがとうございます、と言うべきでしょうか」

「後宮の勤めについて言えば、差し当たって私には、これを機に上役がどう騒ぐかの方が問題ですね」

「お疲れさまでございます」

そう言われたからでもないだろうが、薄紅が手を休めて疲れた顔を見せた。「後宮は疲れます。一度代わりませんか？」

「若輩の陰陽師でございますれば曲げてご寛恕を」

冗談めかして慇懃に断る奉親に、薄紅がにたりと笑った。

「あなた方陰陽師は悪鬼に怨霊、生霊にあやかし、物の怪その他、怖いものをいろいろお相手にしているのでしょう。ただ、私に言わせれば、表面上、笑顔で覆われた後宮より恐ろしいものはこの世にありませんわ」

「…………」

奉親は横目に薄紅のいる方を見た。申し訳程度に仕切ってある御簾のおかげで表情まで読み取れないが、気のせいか肩に力が入っているように思えた。

「華やかで笑顔に満ち満ちているときの後宮の恐ろしさ。藤原頼通さまはそれを知らなかったのか、知っていても自分で収められると思っていたのか……」

頼通のせいで禎子皇后宮が後宮から出ていったと言わんばかりだった。薄紅が知る限りでも、禎子皇后宮はそれほど短慮な方とは思えない。内親王の血筋に誇りを持ち、帝にも後宮にも献身的でありたいと願う方だと思っていた。

しばらく紙をめくり、扇であおぐ音だけが「千字堂」に響く。

奉親は持っていた書物を最後まで空気に当てると、小さく咳払いした。

「先日の写本に代わるものを探したのですが、物語はあまり読まないので良い品が手に入らなかったのです」

あまり申し訳なさそうではない奉親の言い方に、薄紅の目がすっと細くなる。

「左様でございましたか」

「その代わり、こうしてまた手伝いに伺ったり、物語の種になりそうな話をお持ちするのではいかがでしょうか。先ほどの後宮の怖い話ほどではないと思いますが」

早速一つ披露しようという奉親に、薄紅が複雑な顔になった。

「まあ、聞くだけ聞きましょうか。この『千字堂』には僧侶(そうりょ)の説教や陰陽師(おんみょうじ)の遭遇した事案を書き付けた物もたくさんありますから、重複しないといいのですが」

薄紅の声に隠れるように、義盛が「あまり怖い話は」とぼそっと呟いている。

髭黒(ひげくろ)の義盛がそのように縮こまると、阿波のおもとが横で笑いをこらえていた。薄紅はといえば、お手並み拝見とでも言いたそうな顔で奉親の方を見つめている。

しかし、この奉親の話が、奉親も薄紅も予想していない方向へ進んでいくのであった。


源中将(みなもとのちゅうじょう)の身に起きた怪異談である。

年若く、考えるよりも行動が先になる者で、どこか奔放なところもあるが、情に厚くて一本気な思いやりある性格のため、派閥を問わず誰からも信頼されていた。

その中将がここ一ヵ月ほど、出仕していないのだという。

最初はただの病気かと思われた。

しかし、三日たち、十日たち、半月たてば、さすがに内裏でもおかしいと思われ始める。

それで、大江朝清（おおえのあさきよ）という少将（しょうしょう）が見舞いに行った。

「近頃、源中将どのの顔を拝見していません。もしやご病気でもと思い、お見舞いにあがりました」

と来意を告げたが、邸（やしき）の者たちは困惑するばかり。

朝清がなおも問いつめると、とうとう家来の一人がこう漏らした。

「源中将さまは、寝たきりで起きてこられないのです」

「寝たきりとは。それほど重症なのか」

「いいえ。それがその、見たところはお元気そうに見えるのですが、目を覚まされないのです」

朝清は源中将の臥所（ふしど）に案内されたが、その家来の言葉通り、眠ったまま身じろぎ一つしない。息はしているので死んでいないと分かるのだが、家来たちの呼びかけにはいっさい反応がない。

眠り病という病気があればそんな病気だろう。

あやかしに呪われて眠り続けているといえば、そうとも見える。

「中将どの、中将どの」と朝清も声をかけてみたが、無駄だった。

「せっかく足をお運びいただきましたのに、まことに申し訳ございません」

と家来が詫びるが、このまま源中将を放っておくわけにもいかず、かといって妙案が浮かぶわけもなく……。

「このようになられる前に変わったことは？」

「いつも通り過ごされていました。清水寺にも参詣されて、近々予定されている歌会の祈願をされていました」

家来も、源中将のあまりの変わりようを想って、涙をこぼしていた。聞けば、清水寺からの帰り道でも、立ち往生していた見知らぬ小さな牛車を助けたり、乞食に施しをしていたという。聞いている朝清までもらい泣きしそうだった。

「昼も夜も、このように？」

「はい。夜はときどき、うめき声が聞こえますが、目を覚ましません。そういえば、妙なことに朝になると変になまめかしくあやしき甘い香りが邸に漂うのです。まるで、甘い夢を誘うかのような――」

「あなや」と驚くも、いまの邸は上等な香りで満たされ、あやしき匂いはしない。「それにしても実に異なこと。陰陽師や密教僧に相談はされたのですか」

「中将さまの知り合いに高野山の密教僧がいらっしゃるので相談してみたのですが、まったく原因が分かりません。陰陽寮に問い合わせているのですが、こちらもいまのところはかばかしくなく」

実際、陰陽寮から何人か陰陽師が訪ねてきたが、全員首を横に振るばかりだったとか。

結局、源中将は最初の日からすでに一ヵ月以上、昏々と眠りについているのだった。

「……結局、何人もの陰陽師が音をあげてしまいまして」

と、ため息混じりに奉親が話を一区切りつけようとすると、そこに女のため息が乗っかる。薄紅のため息だった。

「はぁ……」

ややうつむいて、額に手を当てている。かたや、奉親の横では書物を取り落とし、義盛が両手を合わせて「奇なり、奇なり……」と震えていた。

「何か、思われたようですね」

と奉親が檜扇を広げて口元を隠した。

「いまのお話、まだ解決していないということでよろしいですか」

「おりません。それどころか、みなさっぱり分からないと頭をひねってしまい、内々で私の担当になりそうで……」

　薄紅が奉親の言葉を遮る。

「奉親どの。それは、陰陽師の仕事ではございません。ですから、解けなくて当たり前かと存じます」

「何と」

「ええ。薄紅の名にかけて、断言申し上げます」

「ほう」と、奉親が扇の下でほくそ笑んだ。

　そこでふと薄紅は重大なことに気づく。

「……まさかとは存じますが、先日の謝礼代わりと物語の種を話す振りをして、もう一度私から知恵を借りようとしていた、などということはありませんでしょうか」

「まさか、そのようなことは」

　奉親が含みを持った笑みになった。

「本当ですか？」

　この若狸、きっと陰陽師の領分ではないと気づいていたのだ。その上で自らの持たぬ知識ならばと、まんまと恩を逆手にとって話を聞かせた――。

「ま、本当だと思いましょう」と薄紅があまり信頼していなさそうな声で言う。たしかに、先ほどの話は、をかしではあった。これで貸し借りなしとして、もうやってこないでよいとすれば、静かな「千字堂」が戻ってくるだろう。「この謎は、往年の安倍晴明のような得体の知れなさとは無縁のようですから」

　義盛が落とした書物を拾ってあげながら、奉親が同意する。

「得体の知れなさ、というのが何を指しているかは分かりません。しかし、祖父の神秘的な奥深さなら余人をもって代えがたいのはその通りだと思います」

　ややこしい言い方をする奉親に、をかしと思いながら薄紅が言葉を添えた。

「生まれや血筋は同じでもそれぞれが別々の人間だから——そこに物語が生まれる」

「物語……」奉親が目をすがめる。

「だから、世の中は〝をかし〟くて〝あはれ〟なのですから」

　奉親が珍妙な探究対象を見つけたような目で薄紅を見ていた。その眼差しに、薄紅は内心で苦笑する。自分と祖父が別の人間だというのは奉親だって分かっているはずだ。けれども、物語として人生を眺めるなどやったことがないに違いない。まだ若い奉親がいくら底知れぬ者だろうと、薄紅が対抗できる余地があるはずだ。

　この件について、もう少し言葉を継ぐべきか、今日はこのくらいであとは自分で考えさせるべきか。薄紅が少しだけ迷っていると、義盛が声をかけてきた。

「姫さま、先ほどの奉親どのの話の真相は……？」

「そうでした」と薄紅が背筋を伸ばした。「奉親どのがほとんど答えを話してくれていたのですが」

「はて？」

「源中将さまが倒れる前に『清水寺にも参詣』していたと話していたではないですか。それが答えです」

　義盛が首をひねった。

「清水寺に何か怪異でもありましたでしょうか」と義盛。

「さあ、私はその辺り、詳しく存じ上げませんが……。そもそも、一カ月も飲まず食わずで眠りこけていて、人間が生きていられると思われますか。普通は、一日食べないだけでもお腹が空いてしまうでしょう」

「だから、それがあやかしや物の怪の仕業ではないかと……」

　言及しようとする義盛を薄紅が遮る。

「密教僧や陰陽師が、手も足も出なかったのですよね？」

「はい」

　涼しげな顔で奉親が頷いた。

「でしたら単純に考えてみてはいかがでしょうか。〝あやかしがらみではなかった〟と」

「おや」

「きっと密教僧も陰陽師も、本当はあやかしの気配をそもそも感じられなかったのではないでしょうか。ただ、本職でいらっしゃるために、最初から『これはあやかしの仕業ではないか』と考えてしまい、他の選択肢を捨ててしまっていたのではないかと存じます」

「あっ、そうか——」と、義盛が手を小さく打った。

「最初から、すっぱりと源中将さまの嘘を見抜いていれば、こんな大事にならなかったのかもしれません」

「源中将さまの嘘、ですか」

「ええ」と薄紅が頷いた。義盛が今度は阿波のおもとと顔を見合わせ、薄紅に向き直る。

「姫さま、結局、どういう意味なのでしょう……？」

薄紅が肩をすくめた。

「清水寺の参詣の途中で、後ろ盾がなく、貧しいか身分のそう高くない、けれども美しい姫を見つけたのではございませんか。物語によくありがちな出会いです」

「何と」と義盛が怪訝な顔をする。

「昼間は寝ていて、夜になったら誰にも見つからないように相手のところへ忍んでいるのでしょう。試しに、源中将さまを夜一人にして、見つからないように陰陽師か誰かが見張っていればいいです。きっと動き出しますから」

「まことですか」

「しかし、何故にそう思われたのですか」奉親が試すように問うた。

「おっしゃったではございませんか。清水寺に詣でたときに小さな牛車を助けた、と。自らの従者が少ないからこそ、立ち往生なさったのではないでしょうか」

「ふむ？」

「それに、朝だけ香る強く甘い匂いです。その匂いは通っていらっしゃる女性のものを、中将さまがまとってお帰りになるからではないでしょうか。良い香を焚きしめたときに比べ、ものによっては強く香りすぎてしまったり、香りがすぐに消えてしまうこともあるようです。そこからも、中将さまが通われている姫に後ろ盾がないか、よいお付きの者を雇える余裕がないと推測できるのでございます」

　奉親が扇でほくそ笑んだ口元を覆った。

「なるほど」

　横で義盛が薄紅に感嘆して呻く。

　薄紅は続けた。

「何より、恋しい姫ぎみが中将さまと釣り合う身分や後ろ盾をお持ちでしたら、かように隠れて通う必要もなかったでしょうし」

「よく分かりました」と奉親が扇を閉じた。

「ただし、すぐに中将さまを白状させようなどと考えてはいけません。無理やり起こされただけで、まだ何かに操られているか、病の振りをされるかもしれませんから」

「面倒ですな」と奉親が苦笑する。

「中将さまを捕まえるのは、中将さまが邸から出て、相手の女のところに忍んだところでなければいけません。ただ、源中将さま一人で誰にも見つからないようにするのは骨が折れるでしょう。だから、家来の誰かが協力者になっている可能性が高いのではないでしょうか。くれぐれも慎重にお調べになった方がよろしいかと存じます」

「……同じ男としては、少々かわいそうな気もしますが」

「何をおっしゃっているのですか。これだけ大勢の人に心配をかけているのですから、きちんとしなければいけません」

「おやおや。またも手厳しいお言葉……」

「さっきも申し上げました通り、人間、一ヵ月も飲まず食わずでは死んでしまうはずです。源中将さまは通っている姫のところで飲み食いをされているのではないでしょうか」

「……何というか、真相が分かってしまうと、あまりをかしではない話ですな」と義盛もあきれ顔だ。「怖がって損しました」

薄紅が紙を空気にさらす作業に戻る。

「『源氏物語』の夕顔のように、可憐な姫でも囲っていれば少しはあはれもあろうものですが。まあ、とにかく確認されることをお勧めします。私も関わった以上、事の顛末はお知らせいただきたいものです」

「かしこまりました」

「あ、それから奉親どの」

「はい？」

「この話、私はそれなりに興を覚えましたが、義盛は十分満足しなかった様子です。先日の写本の代わりとしては弱いかもしれませんので……」

奉親は唇を笑みの形に歪めた。「かしこまりました」

「それでは——」と言った薄紅を、奉親が一礼しながら覗き込むようにした。

「何かをかしきものを携えて——またお伺い申し上げます」

薄紅は衵扇でへの字になった口元を覆って隠す。

五月雨は相変わらずしとしとと降り続けていた。

・

それから数日経った。夜半までの雨は明け方にはからりと上がり、日射しが眩しい。今日は出仕ではない薄紅は腹ばいになって、のんびりと「千字堂」で物語を読んでいた。

周りに何冊もの写本が散乱している。

「ああ……。とっかえひっかえ、気の向くままに物語を貪る。世にこれ以上の悦楽があろうか。いや、ない。断じてない。后の位とも比べられないわ」

同じように腹ばいで物語を読んでいる義盛が「然り、然り」と同意した。

奉親が「千字堂」を訪ねたのはそんなときだった。人が訪ねてくれれば、門番である義盛は物語を読むのを中断しなければいけない。

おかげで不機嫌の極みのような義盛に、奉親は案内されて入室した。一応、客人――それも男の奉親がやって来たので、薄紅も腹ばいから起き上がる。少し憂鬱だった。

「何度か『千字堂』に来ているのですが、義盛どのはいつも私に怒っていませんか？」

「気になさいますな」

仏頂面の義盛がそう答えて腰を下ろし、物静かに書物に戻る。その様子を一瞥して、奉親が改めて御簾の向こうの薄紅に一礼した。この間、薄紅は物語を耽読している。

「先日の源中将さまの件で――」

「あ、ちょっと待ってくださいね。いま切りがいいところまで読んでしまいますから」

「おやおや」

呆れたような口ぶりだが、珍獣を見るかのように声は楽しげだった。

その間に、阿波のおもとが白湯を用意する。

奉親が白湯に口をつけると薄紅が物語を閉じる。うっとりとした笑顔だった。

「ああ……『夕顔』の巻――尊い」

薄紅は目を閉じて写本を抱きしめ、身体がやや斜めになっている。

「ごほん」と、奉親が咳払い(せきばらい)をすると、意外とすぐに薄紅は戻ってきた。

「この前の源中将さまの件のときに、自分で『夕顔』の名を挙げたので、また読み返したくなったのです」

義盛が「先般、奉親どのが帰られてからずっと」と付け加える。義盛の機嫌は直ったようだ。

「そうでしたか」

「お待たせしてすみません。その源中将さまのこととおっしゃっていましたね」

『源氏物語』に夢中で何も聞いていなかった、というわけではないようだ。

「はい。結論から申し上げまして、ひと月ほど寝たきりになっていた理由は薄紅の姫さまのおっしゃっていたとおりでした」

「それはようございました」

「日没以降はみな臥所(ふしど)から下がり、様子を見ていたのですが、すぐに源中将さまは動き始めたそうです。これも姫さまのおっしゃっていたとおり、手引きをする家来がいて、先日の話で某少将の対応をしていた清光(きよみつ)という男でした」

「なるほど。真相がバレて、源中将さまはだいぶ絞られたのではありませんか」

「まあ、身内からは散々だったようです。対外的には内容が内容なだけに、みな黙っていますが」

とはいえ、ここですでに秘密をばらしている人間がいる。人の口に戸は立てられないのだから、多少は噂が広まるだろう。後宮の女房たちとかが好きそうだし、と薄紅は他人事のように思っている。

「相手の女性は夕顔もかくやのなよやかな女性でございましたか」

「さあ。まだ私の担当の事案ではありませんでしたから」

「そうでしたね。お相手の様子が分からず、残念です」

薄紅が軽く拗ねたようにした。普段ならその薄紅に何らかの対応をする奉親が、険しい顔で続けた。

「ところが、これで終わらなかったのです」

薄紅は茶々を入れようとしたが、奉親が思いのほか真剣だったのでやめた。

「何かありましたか？」

奉親が閉じたままの檜扇を口元に当てている。

「源中将さまが、また倒れたのです」

薄紅は白湯で喉を湿らせた。

「左様ですか」

としか言わないが、奉親をじっと見つめて先を促している。奉親もそれが分かっているようで、檜扇を下ろして話し始めた。

「昨日の朝だそうです。もう大手を振って女のところへ忍べるようになり、数日連続で通っていたそうなのです。ところが昨日、帰って来るなり倒れてしまった、と」

「どんな様子で？」

「今回は眠りこけているわけではないようです。意識はあるようなのですが、しくしくと泣いたり、よく聞き取れない言葉をぶつぶつ言うばかり。こちらからの呼びかけには応じないのです」

「…………」

「今度こそ憑きものの仕業ではないかと、密教僧や陰陽師が呼ばれています」

話を聞き終えた薄紅は、長く深く、ため息をついた。

「はあ〜〜〜〜」

頭を抱えてしまった薄紅に、義盛がぎょっとする。

「ひ、姫さま？」

「何でこう、もう少しいろいろ人の気持ちを慮ってあげられないのでしょうか。源中将さまの周囲に物語読みや歌詠みはいないのですか」

と、薄紅が前のめりで言う。

「おやおや。たしかに蹴鞠はお好きなようですが、あまり書物は読まれないようです」

「そうでしょうね。そうでなければ、いきなり密教僧や陰陽師を頼りはしないでしょう」

「おやおや……」

「何でもかんでも読んでいればいいというわけではないのですけど。一見娯楽のように見えて人生の真理というか人の心を穿つもののある物語を読んでいれば分かるでしょう。周りの人は心のひだがないのかしら」

薄紅がじれったそうにしていた。

「あの、今回の場合は、嘘とは思えないのですが」

義盛があまりにも的外れなことを言ったので、薄紅は軽く目眩がした。

「嘘ではないでしょう。ただ——憑きものの仕業でもないでしょう」

「え？」

「女のところへ通ったあと倒れたと言うから、それこそ夕顔のように生霊にでも取り憑かれたかと思ったのですがぜんぜん違います。生霊については、奉親どのの方がお詳しいでしょう？」

「博識でいらっしゃる薄紅の姫さまにお教えできるなど、光栄ですね。生霊とは、本人の不満や怒りや憎しみが凝り固まって、魂の一部が魔物のように襲いかかるものと言われております」

「『源氏物語』でも生霊は出てきます。光源氏が他の女の間を渡り歩くのに嫉妬した、年上の誇り高き六条御息所です。彼女は我知らず生霊を放って光源氏の愛する女を苦しめます。彼女の生霊によって、夕顔は命を奪われるのです」

ああ、何と痛ましい夕顔――と薄紅が物語の世界に行ってしまいそうになった。

「かなり正確に書かれているようですね」

と、奉親が陰陽師らしい感想を述べる。

「何人かの陰陽師や密教僧もそう言っていましたからそうなのでしょう。紫式部さまの教養の深さに驚くばかりです。とはいえ、今回は関係ないと思いますよ」

「そうなのですか？」

「いまの源中将さまの状態を解き明かしたいですか」

「ええ」

薄紅は衵扇を軽く開いて、ため息と共に答えを言う。

「今回の源中将さまのそれは〝恋の病〟です」

「……は？」

薄紅は衵扇で口元を隠しながら、眉をひそめた。

「堂々と相手の女のところに忍べるようになって、その後の意気消沈となれば、もう〝恋の病〟でございましょう。もっとはっきり言ってしまえば〝振られた〟のではございませんか」

「まさか」と声が聞こえてしまった義盛が笑った。

「そんなことないと言い切れるかしら？　だいたい、あやかしの仕業だったら、その前にひと月寝込んでいたのも、あやかしの仕業でなければおかしいでしょう」

「あ、そうか……」

義盛が頭をかくと、薄紅が閉じた衵扇を小さく振りながら苦笑する。

「もう少しいろいろ観察する目を養わないと頼りないですわよ？」

「義盛、未熟でございました」と頭を下げた。そこに奉親が膝を打った。

「あ、そうでした。言い忘れておりましたことが」

「まだ何かおありなのですか？」

「源中将さま、いまは夢うつつのときに『殺される』と呟くそうなのです。故に、あやかしや物の怪によるものではないかと――」

薄紅が険しい表情になった。『殺される』？」

奉親が「ええ」と頷くと、薄紅は衵扇を広げて口元を覆って、ますます眉をひそめる。

しばらくして扇を下ろした薄紅が、厳しい声を発した。

「そういう大事なことは、忘れずに最初におっしゃっていただきたいと思うのは過分な願いかしら……。写本のときのように、あやうくとんだ見立て違いをするところでしたわ」

「ということはやはりあやかしや物の怪の仕業だったのですか」

おののいたように問う義盛に、薄紅は大きくかぶりを振った。

「いいえ。そうではありません。薄紅の名にかけて、これは〝恋の病〟です。『源氏物語』でいえば――『夕顔』のような生霊がらみではなく、『空蟬（うつせみ）』のようにごまかすわけにもいかないもの。源中将さまのお命に関わるかもしれませんが、女の側にちょっと訳がありそうな〝恋の病〟です」

薄紅の言葉に奉親が両手をつく。

「源中将さまのお命に関わるというなら一大事です。あとで謝礼は別途用意しますので、お知恵をもう少し貸していただけませんか」

答える前に薄紅が立ち上がった。

「阿波のおもと、義盛、準備を。すぐに出ます」

「姫さま……？」

と義盛が驚いている。

「急がないと手遅れになるかもしれません。牛車（ぎっしゃ）を」

「源中将さまのところへ行くのですか」

「違います。源中将さまが通っていた女のところです。急いでください」

義盛と奉親が飛び出した。

源中将が通っていた女は五条坊門小路と菖蒲小路の交わる辺りに住んでいた。

都は大内裏からまっすぐ南に延びる朱雀大路によって左右に分かれている。朱雀大路の西が右京で東が左京だった。帝が大内裏で南向きに鎮座されるので、帝から見て右が右京で左が左京となったのだ。

女の邸は右京の中央西側にあたる。右京側は土に水が多く、あまり栄えていない。名だたる貴族の邸は左京に多いが、その分、忍ぶ先としてはよいのだろう。

「千字堂」から大急ぎで牛車を飛ばし、薄紅と奉親が女の邸に着いたときには太陽が西に傾きつつあった。

牛車の外を確認した奉親が、「着きました」と告げる。

土塀もしっかりしているが、中将が忍んでくる先としては地味すぎだった。

「奉親どのが相手の邸まできちんと調べておいてくれて助かりました」

薄紅がほっとした声になり、市女笠を手にする。枲の垂衣という薄い布帛が垂れていた。

淡紅の袿にその笠を被れば、ごく普通の女房の外出姿だった。

奉親が先に牛車から出た。

「外へ出るとおっしゃったので、また狩衣姿を拝見できるのかと思いました」

薄紅が牛車から降りて笠を被る。

「……先日は、やむにやまれずでございます」

　薄紅と奉親、義盛は女──そばの小路にちなんで菖蒲の姫と源中将は呼んでいる──を訪ねた。小柄で人の良さそうな老婆が出てくる。菖蒲の身の回りを見ている年かさの女房だった。

「はいはい。どちらさまでいらっしゃいますでしょうか」

「恐れ入ります。こちらの姫さまに以前お世話になりまして」

　と薄紅が微笑みかける。一瞬、女房は怪訝な顔をした。薄紅の背後で「急急如律令」という小さな声が聞こえる。

　途端に、女房が笑顔になり、「どうぞどうぞ、こちらへ」と薄紅たちは中に案内された。

「何かしました？」

「いいえ、特別なことは何も」

　外見と同じく、邸の中も清潔ではあるのだが質素だった。

「慎み深い性格の姫さまのようですね」

　と奉親が小声で薄紅に訊いてきた。

「奉親どのに忍んでいく女の家はありますか」

「ご想像にお任せします」

「……もし、そのような家がなかったら、分からないかもしれません」

「何がですか」

薄紅は前を行く女房に聞こえないようにささやいた。

「この家は質素なのではありません。引っ越してきたばかりか……ここに根を張って生きていこうとしていない人間の家なのですわ」

案内された局で待っていると、しばらくして衣擦れの音がして御簾の向こうに人が入る。ちらりと見えた裾は若々しく鮮やかで、紋様も上品に仕上げられていた。薫香は多少強く感じられ、仮に後宮で用いたらちょっとした陰口の対象になるかもしれない。それも、若い源中将には今めかしい好ましさの方が勝って魅力に見えたのだろう。

後宮の女官女房の厳しい目に鍛えられ、さらには『源氏物語』でさまざまな女性の美麗な装いを学んできた薄紅はある評価を下した。

やはり、この菖蒲の姫は――。

「先ほど、以前私がお世話申し上げたご縁がおありの方々とお伺いしました。しかし、申し訳ございません。どちらでどのようなご縁を賜りましたでしょうか」

やや小さい声は儚げで可憐だった。すれたようなところは感じさせない。むしろ、まだ世間を知らない年若い姫という雰囲気だった。

先ほどの女房が周囲にいないと確認して、薄紅は頭を下げた。

昨日の雨の水たまりで雀が水浴びをしている。

「私は薄紅と呼ばれている者です。恐れながら、実は初めてお目にかかります」

「まあ」

「しかしながら、中将さまのことでやって来たといえば、何か思うところはございませんでしょうか」

薄紅がそう言うと、御簾の向こうから明らかに身じろぐ気配がした。

緊張した空気を感じ取ったのか、無心に水浴びをしていた雀はどこかへ飛んでいった。

薄紅は返事を待っている。

ぽつり、と水たまりに雨粒が落ち始め、緩やかな波紋が広がった。

御簾の向こうでため息が聞こえる。次いで、小さく洟（はな）を啜（すす）る音がした。

菖蒲の姫が泣いているようだった。

「あのお方は、何と――？」

薄紅が促すと奉親が口を開く。

「昨日来、寝込んでしまわれたそうです」

「……そう、ですか」

その声が、か細く揺れている。

「涙を流したり、うなされたり、まるで物の怪に憑（つ）かれたかのような苦しまれ方です」

「…………」

菖蒲の沈黙の前に、義盛もどうしていいか分からない顔をしている。

薄紅が両手をついて御簾の向こうに語りかけた。

「姫さま、中将さまは『殺される』とうわごとを言っているそうですわ」

「ああ……」

「私は後宮勤めの女房に過ぎませんが、私には中将さまのお言葉が二つの意味に聞こえるのです。中将さまご自身が殺されるという意味と、姫さまが殺されるという意味に――」

「中将さま……」

「姫さま、最後に中将さまがお忍びになったときに、どのような話をされたのですか？」

「それは――」

再び、御簾の向こうから張り詰めた空気が流れた。薄紅はごく普通の世間話でもするように祖扇(あこめおうぎ)を広げて微笑みかけた。

「ご安心を、姫さま。私と一緒に来た隣の男は陰陽師(おんみょうじ)――それもあの安倍晴明の孫である安倍奉親どの。すでに人払いの呪(しゅ)はかけてありましょう」

薄紅がしれっと言い切ったので、さすがの奉親も粉薬を無理やり飲み込むような顔になった。扇で隠した口元でこそこそと話す。

「まさか、薄紅の姫さまが私の知らぬ間に私の行いまで把握されているとは驚きです」

「ごめんなさいね。こういうときは〝晴明の孫〟というのが安心になりますから」

「まったく……。あなたはまったく油断のならない方だ」

「らっきょうをひっくり返したような頭の陰陽師さんがくれた書物にそんな呪があるとかないとか書いてあったのです」

薄紅がにっこりすると、奉親が口の端で笑った。

再び御簾に向き直ると、薄紅はまっすぐな眼差(まなざ)しで真剣に呼びかけた。

「姫さま。泣いていらっしゃいますよね」

「…………」

「それだけお苦しいのは、姫さまが本当に源中将さまをお慕いしているからですよね。『源氏物語』などさまざまな物語にあるとおり、恋は苦しく——負けないものです」


薄紅は待った。

雨音が増す。雨が邸を覆う幕のようになっていった。

その雨の音をぬって、菖蒲の声が流れ出す。

「私は——本当は〝姫〟などと呼ばれるような身分ではありません」

「え？」と義盛が驚きの声を上げた。しかし、薄紅は驚かない。菖蒲の裾と薫香から、すでに想定していた。

「私は須磨(すま)の方からやってきた盗賊たちの頭領の娘なのです。都には盗賊仕事のために来たに過ぎません」

「何と」と義盛が息をのむのを、奉親が目で黙らせる。

「私は清水寺など大勢の人目に触れる場に赴いては、私の姿を見た男が興味を持つのを待つのです。興味を持った男をこの家に誘うのが別の盗賊仲間の仕事。同時に、他の盗賊たちが標的となる男の身分を確かめます。そうして、男がこの邸に忍んできたところで身ぐるみ剝いで殺してしまうのです」

薄紅は口の中が渇いて仕方がなかった。

まだ女童のようにも聞こえる声で、凄惨な犯罪の片棒かつぎを告白している。なお恐ろしいことに、これは物語ではないのだ。

「いま、源中将さまも同じような危険にあるのですか」

「中将さまの場合は特別でした」御簾の向こうで声が激しく揺れる。

梅の花がほぼ終わった清水寺は、貴族たちの参拝も一段落していた。こういう時期に参詣する貴族は、何事にも出遅れがちでとろいか、信心深くて物事を信じやすいか、いずれにしても獲物にいいと盗賊の頭領は踏んでいる。

貴族の娘になりすました菖蒲が、いま身の回りを見ている女房を連れて、清水寺に行ったのはその頃だった。

明るい春の日射しに輝く清水寺と周りの木々は美しい。普段、暗い世界で生きている盗賊の頭領の娘である自分に似つかわしくないほどに。自分には手が届かない輝きを放つ世界にひっそり割り込みながら、菖蒲は小さく息をした。生きている実感と喜びを、さんさんたる太陽の下で少しだけかすめ取っているような後ろ暗さを感じる。いつの頃からか、内心の卑屈さを悲しいと思わなくなり、うまく隠せるようになっていた。

そんな菖蒲の前に現れたのが、源中将だったのだ。

中将は明らかに他の貴族たちと違って見えた。

友人たちの輪の中心にいて、楽しげに談笑しながら歩いている。花山吹の重ね色目の狩衣が若々しさと開豁さを振りまいていた。散り際の梅の花も、再び盛りを迎えるのではと思えるほど、源中将は輝いて見えたのだった。

まだ源中将の位は知らない。しかし、日を引く貴族なのがすぐに分かった。

「あの方は……」と思わず声を上げると、菖蒲の牛車の牛を引いていた頭領の目が光った。父は、「おまえも獲物を見る目ができてきたな」と満足げに頷き、菖蒲の牛車を道に乗り上げさせる。源中将に助けさせるためだった。

こうして感じの良さそうな――そして財を持っていそうな男に、助けてもらった礼と称して近づき、男が気を許したところで身ぐるみ剝いで殺してしまうのだ。

大きく揺れ、傾いた牛車の中で、菖蒲の気持ちも激しく揺れている。いつにないことだった。こんなふうに男に声をかけ、父とその仲間の餌食にしたことは今回が初めてではない。それなのに、なぜ今回に限って気持ちが揺れるのか。

「ああ、困った困った」と、下人の格好をした父が嘆いている。

「どうしましたか」

と、友人の輪から自然に抜け出して、源中将がやってきた。

「実は姫さまの牛車が石に乗り上げてしまいまして」

「それはお困りでしょう。どれ、私が押して差し上げましょう」

聞いたことがない調子の声だった。これまでの男は、牛車が小さめの女車であると知って、多少の下心をにじませながら手助けを申し出てきた。暗い世界に生きている菖蒲だ。その辺りは敏感だった。

ところが、源中将にはそれがなかった。

真心からこちらの心配をしている。そして、そうするのがごく当然で、自分の自然な振る舞いとして、菖蒲の牛車を助けようとしていた。

「ほら、もう少しだ」

近くで見れば源中将の狩衣の布の良さが一目で分かった。その狩衣に泥がつくのもお構いなしで、源中将は牛車を押していた。

がたん、と揺れて、牛車が道に戻った。

菖蒲は慌てて牛車から外を見た。かすかに持ち上げた御簾の隙間に、笑顔の源中将がいる。澄み渡った瞳と目が合った。

その瞬間、菖蒲は恋に落ちた。

同時に自分の気持ちが何を叫んでいたのかを菖蒲は悟った。彼女の心はこう叫んでいたのだ。「こんな形で、この方と出会いたくなかった」と――。

源中将もすぐに菖蒲の姫に惚れ込んだ。普通の男なら、性急に自分の想いを遂げようとするが、彼はそうしなかった。ゆっくりと話をしながら、菖蒲のことを知りたがった。女になれているからかと最初は疑ったが、そうではない。源中将は本心から菖蒲を理解したいと思っていたのだ。

けれども、菖蒲の本当の顔は盗賊の頭領の娘であり、源中将の命を狙っている者たちの仲間。いくら源中将が水を向けても、その素顔を明かすことはできない――。

「あなたは本当に奥ゆかしく、しかも愛らしい。『源氏物語』の夕顔もかくやと思えて――あなたが夕顔のように儚くなってしまわないか、そればかりが心配なのです」

私はそんなきれいな女ではない。

いっそ、本当のことをすべて明かしてしまおうか。

けれども――怖い。

そんなことをして源中将に嫌われてしまうのが、何よりも怖い。

恋する源中将に嫌われるくらいなら、地獄に堕ちた方がましだ。

憂いに沈む菖蒲は、源中将にますます魅力的に見え、そう見られるほどにまた菖蒲の憂いは深い恋の闇に沈んでいくのだった。


菖蒲が、源中将との出会いを語り終えると、薄紅は深くため息をついた。

「さぞ苦しい日々をお過ごしでしたでしょう」

菖蒲は、自分のことはどうでもいいとかすかに微笑んだ。

「盗賊たちは中将さまの身分を知って作戦を変更したのです。中将さまの邸やそこにいる者たちを調べ上げ、入念に作戦を立てました」

「その作戦をご存じですか」

「はい。——次の月のない夜、つまり今日の夜、忍んできた中将さまを殺すこと。それと同時に残りの盗賊仲間が中将さまの邸に押し込みを働くこと。この二つです」

「あなや」と義盛が大きな声を出してしまった。奉親に睨まれ、黙る。

「先ほどの女房は——？」

「あの者は都に着いてから雇った者に過ぎません。関係ありませんし、私たちの正体も知りません」

「なるほど……」

と薄紅が頷くと、御簾の向こうの声が一段と大きくなった。

「何度かお会いしているうちに、私はより一層、中将さまのお人柄を真剣にお慕い申し上げるようになりました。しかし、私は盗賊の娘。身分の違いはおろか、このままでは中将さまや中将さまのお知り合いの方々が不幸になってしまう。それでこの前、中将さまに私は自分の正体を打ち明け、もうお会いできませんと申し上げたのです」

「そのため、中将さまは傷心になられたわけですね」

奉親の言葉に、再び御簾の向こうで菖蒲の泣く声が重なる。

「そんなことを中将さまに言ってしまって、菖蒲の姫さまのお命も危ないのでは」

薄紅が菖蒲の身を案じると、自嘲する声が返ってきた。

「ふふ。幸い、父や他の盗賊仲間にばれていませんが、もし中将さまを逃がしたとなれば、私が殺されるかもしれません」

「…………」

「それでもあの方がご無事なら。こんな愚かな女を愛してくださったあの方に、何にもして差し上げられないけれど。最後に一つだけお返しができたとするなら、それを喜びとして私は死んでいきましょう」

菖蒲の声に迷いは感じられない。薄紅は開いていた衵扇を閉じた。

「失礼します」

と言って、薄紅は膝行する。そのまま奥から御簾をめくった。

御簾の向こうにはまだ年若い娘が涙で濡らした瞳のまま薄紅を見返している。

「薄紅の姫さま――？」

「菖蒲の姫さま、分かりました」

と言いながら、薄紅自身、気持ちが高ぶってきた。

「分かった……？」

「最初、お話を伺ったときにはあまりにも生々しいお話で、正直、心がしぼんでしまいそうになりました。しかし、源中将さまを心底愛しておられるそのお気持ち、大変美しいと思います」

「もったいないお言葉です」

「我が身をおいてでも、お慕いする中将さまのお命を思う気持ち。まるで藤壺の女御か、紫の上か、それとも花散里か……」

「はあ――」

菖蒲が曖昧に頷いた。薄紅は咳払いをした。

「ごほん。いずれにしても、菖蒲の姫さまは、できれば生きながらえて中将さまと一緒になりたいですよね？」

「それは――そうですが……」

再び瞳を揺らす菖蒲に、薄紅は温かな笑みを見せた。

「それなら、薄紅の名にかけて、そういう方法を考えてみせましょう。物語ならあはれな結末でも強く心を打つものもあります。けれども私、現実では『めでたし、めでたし』で終わる物語が好きなのです」


その日の夜。

五月雨の厚い雲が夜空から光を奪っていた。

菖蒲の姫の邸の前に、牛車が止まる。

小柄な狩衣の男が邸の門を叩いた。勝手知ったるなんとやらで、年かさの女房は疑いもしない。形ばかり檜扇で顔を隠し、その男——源中将が邸に入った。

気持ちが急くのか、いつもより足さばきが速い。

菖蒲の姫は局で身を起こして中将を待っていた。早足だった中将も局の前では足音を忍ばせる。中将が入ってくると空気の流れでわかった。

菖蒲は身を固くした。

一つだけ灯した燭台が、菖蒲の頬の涙を光らせる。

「あれほど来てはならぬと申しましたのに」

熱いため息と湿った声で菖蒲が言うと、源中将は小声で、

「そなたを放っておけるわけがない」

とささやきかけ、菖蒲を抱き寄せた。

そのときだった。

隣の局から急激に殺気が溢れる。

「まんまと引っかかったな」

野太い男の声がした。男の手には刀が握られ、燭台の火に刃がぎらりと光る。さらに後ろにもう一人いるようだった。

「くくく」と中将は小さく不穏な笑い声を漏らした。それに気づかず、男が満足そうに残忍な笑みを浮かべる。

「へっへっへ。人の娘の家にほいほい通っていい目を見たんだ。お代を頂戴しようか」

男が刀を振り上げたときだった。

鈍い音がして、男の後ろで「うぐっ」というくぐもった声がする。

続けて、人の倒れる音がした。

「な、何だ」

慌てる男を諫めるように、涼やかな若い男の声がする。

「予想通り、かかりましたね」

中将を装っていたのは奉親だった。日中、薄紅と共にこの邸に来たときに、義盛と共にそのまま帰らずに邸に潜んでいたのだ。

「お、おまえは誰だ」

「若輩者の陰陽師ですよ」

「陰陽師だと？」

その間にも、義盛が野蛮な輩を次々と倒していく。

「あんまり身体は鍛えていないのですけどね。美人局のまねごとをする輩を逃がさぬ程度はできますよ」

「くそっ」

「中将さまの邸へ行ったお仲間も、もうすでに捕まえて検非違使に渡してありますからご安心を」

冴え冴えとした、冷たく美しい表情で言い放った。その言葉通り、中将の邸に押し込もうとしていた盗賊五人は、彼の知り合いの検非違使が待ち伏せて一網打尽にしていた。中将には念のため、「物忌み」と称して別邸へ移動してもらっている。

奉親の働きも義盛の捕り物も、すべて薄紅が考えたことだった。

刀を持った男が目を白黒させている。

「ち、畜生っ」

と男は悪態をつき、奉親に手を伸ばした。切りつけるのではなく、捕まえて人質とし、この場から逃げようとしたのだった。

「危ないっ」と、傍らの菖蒲が叫ぶ。

男のごつごつした手が奉親の腕を摑んだ——かに見えた。

次の瞬間、「あなや」と叫んで倒れていたのは、男の方だった。

「ふん。まったく、血の巡りの悪い盗賊だ」

男を投げ飛ばした義盛が鼻を鳴らす。

「助かりました、義盛どの」

「何のこれしき」

義盛が用意してあった縄で男をきつく縛り上げた。

「そちらが中将さまを待ち伏せしたように、こちらもあなたたちを待ち伏せしただけのこと。その可能性に思い至らなかったのが、あなたたちの敗因です」

男が真っ赤な顔でもがいている。

にわかに邸の外が騒がしくなった。検非違使たちが駆け付けたようだった。


数日経った「千字堂」で、薄紅は機嫌のよい顔で奉親とおしゃべりをしていた。

「菖蒲の邸の件、うまく行きましたね」

「ええ。おかげで中将さまのお命も救われ、盗賊たちを捕らえることができました」

「義盛もご苦労さまでした」

薄紅に労をねぎらわれて、義盛が無言で頭を下げる。義盛なりに照れているようだ。

ふと、奉親が口の端を歪めた。

「それにしても、よくもあんなことを思いつくものですね」

「奉親どのの体裁きは存じ上げませんでしたが、義盛が強いことは知っていました。だから、決して無謀なことをしたつもりはありません」

「くくく。十分無謀でしたよ」

台詞とは裏腹に楽しげな奉親に、薄紅も苦笑した。

「私は『千字堂』の主です。書物の中でのことなら何なりと知恵を巡らせます。しかし、実際に男の力に抗するには女の身では不安なものです。それに、例のらっきょう頭どのから、陰陽師は身体も鍛えるものだと聞いていましたから」

「……らっきょう頭を締め上げておきましょうか」

真顔で言う奉親を見ながら薄紅が楽しそうに笑っている。今度の笑いは別に苦笑いではなかった。

「奉親どの。菖蒲どのの身の振り方は――？」

「つつがなく」

菖蒲は盗賊たちの一味として捕らえられなかった。これは奉親が考えたものだった。

条件は「盗賊である父親やその仲間と訣別すること」と「奉親が紹介する中流貴族の家で下働きすること」。前者はともかく、後者の理由について菖蒲から質問された奉親はこう答えた。

「いまのあなたでは残念ながら中将さまと釣り合っているとは言い難いのです」

その言葉に菖蒲は顔面蒼白になった。

「そう、ですよね。私のような盗賊の娘では……」

嘆く菖蒲に薄紅は首を横に振った。

「この奉親は別に何も生まれについて言っているのではありません。陰陽師という、いろいろな貴族を見てきた役人としての目で、いまいちだと申し上げているのでしょう」

言葉遣いはもとより、立ち居振る舞い、薫香の選び方、ちょっとした指先の使い方。それらがまだまだ洗練されていないと二人は言っているのだ。

「それは……そうだと思います。これでも淑やかになった方なのですが……。私もしばらく前までは〝盗賊の娘〟らしい粗野な言葉を使っていましたから」

奉親は涼やかな目元を細めてみせた。

「でしょうね。だったら今度こそ、きちんと女房となれるほどになってください」

「はあ……？」

「中流貴族の家で十分働けるようになったら、次はもう少し上の貴族の家の女房になってください」

「私が、女房にですか」

そう、と頷いて奉親は笑った。

「そして今度こそ、源中将さまが忍んできても誰にも怪しまれない美しい姫におなりなさい」

奉親の言わんとする意図が分かった菖蒲は、ひれ伏すように涙を流して感謝した。

「このご恩は忘れません」

「ふふ。良い心がけです」

そのやりとりを見ていた薄紅は、奉親の親切さに素直に感心した。このどこか〝食えない〟青年も、情に厚いところがあるのか……。

「今日から早速下働きに出ましたが、生き生きとしていましたよ」

「よかった。本当ならあきらめなければいけないと思っていた中将さまと結ばれる未来が待っているのですから、心を入れ替えてがんばってほしいものです」

「源中将さまも喜んでいました。何年か経ったらきちんと妻として迎えたいと」

「その言葉、菖蒲にも伝えてあげてくださいね」

「もちろんです」

「ところで、私の思い過ごしかもしれないのですが」

「はい」

「今回、中将さまをお助けしたのは、奉親どのが中将さまに恩を売ろうとした、などということは……」

「くくく。姫さまには私はずいぶんひどい人間に見られている様子ですね」

　奉親が、をかしげな眼差しで笑っていた。

　阿波のおもとがみなに白湯を振る舞う。

「ありがとう」と奉親が笑顔で喉を潤した。「薄紅の姫さまもお餅を、どうぞ。ある貴族から礼にいただいたものですから上等ですよ」

「あ、ありがとうございます」

　その餅をくれたのはつまり――。薄紅は再び扇の下で表情を隠しながら案じていた。やはりこの若者は一筋縄ではいかない。深く関わりすぎない方が穏やかな読書三昧のためには賢いのではないだろうか……。

「――これで薄紅の姫さまがおっしゃっていた『めでたし、めでたし』の結末では？」

　勧めに従って薄紅も餅に手を伸ばす。

「ええ。『めでたし、めでたし』——ここまでは」

「おや？」

餅を口にくわえたまま奉親が目をとぼけさせた。

薄紅が背筋を伸ばす。いつもの春の花のような笑みではなく、霜のような笑みで奉親を見据えた。

「奉親どのは、私の一体何を試しておられるのでしょうか」

陽光が局の床に差し込む。日の光が鋭い切っ先のように二人の間に切りつけていた。

口にした餅を嚙みちぎった奉親の目にも、もはや笑みはなかった。

第三章　鴨川の音に浮舟は眠る

口の中の餅をゆっくり嚙み、白湯で飲み下すと奉親は穏やかに尋ねた。

「薄紅の姫さま、急にどうされたのですか」

鳥の鳴き声がする。薄紅は衵扇を開いて、あえて口元を隠してみせる。

「あなたはまるで私を、をかしと思って訪ねているように装っていらした。一見、そう大したことのない相談や私が飛びつきそうな品を携えて。けれど、奉親どのは何か別の目的をお持ちなのでしょう？　思えば、おかしいことだらけでしたもの」

「おかしいこと、ですか」

薄紅は扇の下で微笑んだ。どうやら奉親はシラを切ってみせるらしい。

けれども、薄紅の名にかけて——手早く話していただきましょう。

紫の上に他の女性のことを勝手に白状する光源氏のように、さっさとしゃべっていただきたい。だってそうしないと、物語を読む時間が短くなるではないか。

「そもそも」と薄紅は氷の微笑を浮かべながら話し始めた。「安倍家の人間がこの『千字堂』を訪ねたことがおかしいのです」

「そうでしょうか」

「他の陰陽師ならいざ知らず、あなたは安倍晴明の直系です。最初にお訪ねになったときの『空蟬』の件くらい、私ごときに知恵を借りるまでもなく、あやかしがらみの事件ではないと見破っておられたでしょう」

「若輩者の陰陽師になれば、そこは——」

「その目」と薄紅は扇を厳しく閉じた。「どこが若輩者の陰陽師の目なのですか」

奉親の頬に皮肉めいたものが浮かぶ。

「〝安倍晴明みたい〟ですか？」

すると薄紅は冷たい笑みを捨て、あきれた笑顔になった。

「いいえ。安倍奉親という一人の陰陽師の、あなただけの目です。——だいたい私が晴明どのの眼差しまで知るわけないでしょう。それよりあなたからはまったく油断ならない、腹の底で何を考えているのか知りたくもない雰囲気がひしひしと伝わってまいります」

奉親が言葉に詰まった顔になる。ややあって、薄紅から目をそらし、「くはは」と吹き出した。

「つい気持ちがこもりすぎましたわ、失礼」薄紅は一言添えておく。

「やはりあなたは興味深い女性だ」目を鋭くして奉親は続ける。「勘の鋭い方とは存じておりましたが、まさかいま、この問答をすることになろうとは。まあ、実際にあなたが興味深いから訪ねていたというのも理由の一つではあるのですが……」

「明らかにおかしい、というより、妙にひっかかるものが積み重なった、と言うべきでしょうか。――私へのお礼として、いくらすでに亡くなっているとはいえ、太政大臣道長さまからいただいた品を差し出そうとするのはさすがにやりすぎでした。しかもあの品は、お父上の遺品を無断で持ってきたのではありませんか」

「ええ、まあ」

「もし私が受け取ってしまったら、どうするつもりだったのですか」

「まあ、占で良くない結果が出たとか何とか言いくるめようかと。あの真に辿り着かぬ程度の者ならば、そのくらいで言いくるめられましょう」

　奉親のあまりの言い様に、うっかり薄紅は笑い声を上げてしまった。

「ふっふふふ。――あからさまなのは嫌いではありません。話が早く済みますので。私が
笑ってしまっても、うやむやにはなりませぬ」

「くくく。手厳しいですね」

「一度、男が嘘をついていると見破ったら、女は二度と騙されないものです」

「ときには、そうでない話も聞きますが」

「それは、女の方がわざと騙されたように振る舞って差し上げているのでしょう」

「お、おなごの笑顔というものはときどき恐ろしいですな」と義盛が呟く。奉親は苦笑するだけだった。

「ついこの前の源中将さまと菖蒲の一件だって、やっぱりおかしいのです」

「おかしい、ですか」

わざとらしく片眉を上げてみせる奉親。薄紅は扇の内で「この狸」と呟いた。

「まるで私がどう出るか、人品を試していたのではないですか」

「それで、結論に至ったわけですか」

奉親は――ひょっとしたら薄紅自身も――普段は薄紅がそれなりに年上だと忘れているようだった。もともと薄紅がその辺りの序列に拘る人間ではないし、顔立ちがやさしげなのだ。しかし、いまは年上としての態度で問い詰めようとしている。

「どうなんですか？」

だが、ここで引くことはできない。これ以上、読書の時間を邪魔させてなるものか。

「おやおや」奉親が口の端の笑みを扇で隠した。「――では、きちんとお話を聞いてくださるご意思があるのですね？　それは私にとってもありがたいことです。次に伺うとき、詳しくご相談に参りましょう。もちろん、しっかりと『お礼の品』を携えて。お餅、おいしかったでしょう？　また参ります」

「えっ？　なっ――」

相談に乗るとも、話を聞くとも言っていない。薄紅は絶句した。これではかえってうまく言いくるめられて、また読書の時間が減ってしまうではないか。

「待……っ」

「それでは」

と、言葉を切ると素早くきびすを返して奉親は立ち去ってしまった。

その背中を見ながら、忌々しげに薄紅は餅をもう一つ口に入れる。焼いた餅の香ばしさがいまさらのように鼻に抜けた。


藤壺（ふじつぼ）から弘徽殿（こきでん）へ歩きながら、数日前のそんなやりとりを思いだし、薄紅は深いため息をついた。そのため息を聞いて、隣を歩いていた右近（うこん）がいたずらっぽい笑みを浮かべる。

「五月雨（さみだれ）を見つめて、美人がため息なんて、お安くないことでもありまして？」

右近の茶々に薄紅は、にいーっと三日月のような笑顔を返した。

「そんなふうに見えましたかしら」

「ごめんなさい。私が間違っておりました。お許しくださいませ」

右近が、茶目っ気を発揮して、わざと大げさに美しい顔を悲しげに歪（ゆが）め、流れるように謝る。

「そこまで謝られると何だか心外です」

「もう何もおっしゃらなくてもいいです。もう終わったことですから」

「特別、終わっていません。始まってもいませんし」

今日も内裏は忙しかった。五月雨の音が行き交う女房たちの足音でかき消されている。

「藤壺にはそれほど物がないと思っていましたけど、こうして運び出してみるとたくさんあるものですね」

「そうですね……」

薄紅がまだ若干遠い目をしているので、右近が話題を変えた。

「禎子(ていし)皇后宮さまが後宮から下がられたからといって、皇后宮さまがお使いだった弘徽殿へ嫄子(げんし)中宮さまが引っ越してしまっていいのでしょうか」

「さあ、どうなんでしょうねぇ」

と薄紅はとりあえず曖昧(あいまい)に答える。

禎子皇后宮が後宮から下がってしまったのは事実だし、嫄子中宮が弘徽殿に引っ越すことになったのも事実だ。当然、後宮内で勝手に決める内容ではない。

帝(みかど)の命令があってのことだった。

そのため、後宮の誰しも——皇后宮や中宮に仕えている女房たち以外も——表立って噂するのはためらわれている。右近とてその辺は分かっているから、周囲に人がいないかを確認してから話題を振っていた。

けれども、薄紅はもっと深く注意しなければいけない。いい年をして結婚していないいくせに宮仕えの年数は短い——割と目をつけられやすいのだ。「千字堂」の秘密もあったから、薄紅なりに微妙な線引きを気遣っていた。

向こうから別の女房たちが歩いてくる。薄紅と右近は楚々とすれ違った。

その女房たちと十分離れてから右近が話しかけてくる。

「あーあ、藤壺の藤の花も今年で見納めなのかしら」

と、今度は右近の方がため息をついた。

「五月雨に濡れる紫の花、とても品があってきれいなのにね」

『源氏物語』の登場人物では当然、藤壺の女御の方が弘徽殿の女御より好きだったし。

「皇后宮さま、別に後宮に二度と戻ってこられないわけでもないのに……。さっさと弘徽殿に娍子中宮を据えたこと、どちらの女房たちも疑問に思っていますよね」

薄紅は目だけで誰もいないことを確かめた。

「どちらの女房も……どころか、後宮中の女官女房が同じ意見でしょうよ」

「そうですよね」

「娍子中宮さまご自身だってきっと、内心お悩みではないかしら」

右近が声を潜めて、

「やはり、中宮さまの養父・藤原頼通さまがごり押しされたのかしら」

とささやくと、薄紅は眉をひそめる。

「そんな噂があるのですか」

「あくまでも噂ですけれども。仮に事実だとしたら、帝のご決定にまで口出ししたことになりますよ」

それはゆゆしき事態である。

頼通の亡父・藤原道長の圧倒的な権力の源は、帝の外戚としての地位にあった。道長の政治力は外戚として帝の決定に影響を与えていたわけで、頼通も同じようにしている、と言えばそうなのだ。

しかし、頼通には道長ほど有無を言わせぬ何かが欠けている。よく言えば徳だし、露骨に言えば人としての迫力だった。

それを女房までもが無言で感じているのだ。

薄紅は右近の言葉に思わず唸ってしまった。

「まあ、たしかにあの顔はそういうことをやりそうかも……」

「え？　菅侍従は藤原頼通さまにお会いになったことがあるのですか」

右近の声がひっくり返った。失言だった。

中宮付とは言え、中宮に親しく会える立場でもない女房が、その養父で実質上の最高権力者の頼通に会えるわけがない。そもそも、薄紅が頼通と会ったときは男装していたのだ。

何もかも、ばれたらマズい。充実した読書生活のためには、常識ある女性という世間体は大切なのだ。実際に人並み外れた物語狂いの自覚があるだけに……。

「あ？　いえいえ。いろんな噂から想像する顔つきと申しましょうか、何と言いますか――」

「『そういうことをやりそう』な顔つきって、どんな顔ですか」

「道長さまみたいなのだろうけど、ちょっと小物感というか」

「……菅侍従、とんでもない表現を使ったと気づいていますか」

またしても失言。気が動転しているのだ。

薄紅が内心であうあう言っていると、向こうから上﨟女房の中納言がしずしずとやってきた。藤の襲色目の衣裳が優美で、藤壺の女御その人のような姿だ。

薄紅と右近が道を譲って小さく頭を下げると、中納言は足を止めた。

「ふふ。何だか楽しそうな声が聞こえておりましたよ？」

中納言の上品でやさしげな笑顔に覗き込まれて、薄紅はどこかに消え入りたい思いである。穴があったら入りたいとはよく言ったものだ。

「あ、いえ――」

「ふふふ。大丈夫。私は何も聞いていませんから」

「は、はい」

この場合の「何も聞いていません」は、どう考えても「ぜんぶ聞こえてましたよ」と言われているようで仕方がない。

「ほんとよ?」と中納言がころころ笑う。

変な汗が止まらない。

「あー……。あ、先日いただいた唐菓子、おいしゅうございました」

薄紅が何とか話題を見つけると、右近もそれに乗っかって「ありがとうございました」と一緒になって頭を下げた。

中納言が雅に微笑む。

「どういたしまして。喜んでもらえたなら、中宮さまもお喜びになるわ」

中納言の言葉の意味が分からず、薄紅は首をひねった。

「どうしてそこで、中宮さまが……?」

すると中納言が、をかしとばかり種明かしをする。

「実はあの唐菓子は中宮さまからいただいた物だったの」

「ええっ」倒れそうになった。「ほ、本当ですか?」

思わず大きな声で聞き返した薄紅に、中納言が人差し指を口に当てる。

「しーっ」

「あ、すみません……」

「中宮さまがね、日頃がんばっている女房に分けて差し上げてとおっしゃったの」

「あの、いただいてしまってよろしかったのでしょうか」

また嫌な汗が……。

「もちろんですよ。だって、中宮さまから分け与えるべき女房として、菅侍従や右近の名前を具体的に申し付かっていたから」

「さ、左様でございましたか」

早く言ってほしかった。しかし、そうしたらそうしたで、中宮直々の指名があった事実に気を失ってしまったかもしれない。

中納言は藤壺で待つ娍子中宮のもとへ歩きだした。女の菅侍従でも見とれてしまう清らかな微笑みと心に深く残る香の匂いがあとに残る。薄紅と右近も気を取り直して荷物を持ち直し、弘徽殿へ歩いていくのだった。


「……そういうわけで、私は本日大変疲れています。そのことは、どうぞ心にお留め置きください」

翌日、「千字堂」にやってきた奉親に、薄紅は重々しく申し渡した。もちろん、中宮とは明言していないが、「后(きさき)の一人」というだけで奉親も衝撃を理解はしてくれたようだ。

だからといって、恐縮するような殊勝な若者でもなかった。

奉親は檜扇(ひおうぎ)で軽く顔をあおぐ。

「過ぎてしまったことを悩むのはほどほどにしましょう」

目下の悩みの元凶のような人物が何を言うか。薄紅は頬がぴくりとなった。

「お説ごもっとも。しかし、後宮勤めの私たちにとってお后さまはとても重い存在なのです。しかも私のようにお目もじかなわぬ身にはなおさら」

「それは――そうですね。私の言い方が不十分でした」

と奉親がすんなり頭を下げた。

ちょっとあやしい。

「ちょっとあやしい」

思わず声に出てしまった。

「あやしいとは心外です。薄紅さまのお気持ちを考えて謝りましたものを」

「あ、ええ。ごめんなさい。そうですね」

薄紅が頭を下げる。頭を下げてから、なぜこちらが謝っているのだろうと気づいた。

「それにしても間に入っていた上﨟女房の方、こう言っては何ですが……、姫さまをからかって楽しんでいらっしゃいませんかね」

義盛のその言葉に、薄紅の動きが止まった。がっくりと首をうなだれさせ、ため息を深く深くつく。

「はあ〜〜。やっぱり義盛もそう思う？」

「…………………」

　奉親は何も言わなかった。

「やっぱりからかわれているのかなぁ、私」

「まあ、薄紅の姫さまからのお話だけなので、一方的な判断ですけど」

「上臈女房の方は、本当に素敵なのよ？　同じ女房として一つの憧れなのだけれど。でも、私はあんなふうになるのは無理だって分かってて」

　その言葉に奉親が反応した。

「薄紅の姫さまも十分に務めを果たしていらっしゃる方かと推察しているのですが、その方はそれほどすぐれた女房なのですか」

「藤壺の女御のような美しさに、夕顔のかわいらしさが合わさったようなお方。それに朧月夜尚侍の艶やかさ、若紫のお茶目さをちょっと混ぜたようなお方です」

「……『源氏物語』を読んでいないとさっぱりですね」

「だってその方が正しく描写できるんですもの」

阿波のおもとが水を出す。「奉親どの、姫さま、どうぞ」

今日は五月雨が止んで夏のような日射しが降り注いでいた。よく冷えた水を一口飲んで、奉親がえもいわれぬ声を出した。

「ああ、火照った身体に沁み渡りますね」

「冷たいお水がごちそうな季節になってきましたね」と薄紅も喉を潤した。「それで、奉親。私たちの間にはもう少し話し合わなければいけないあれこれがあったように思うのですが」

「〝奉親〟……とうとう呼びつけですか」

「そうされて文句の言えない行いがあったでしょう？」

「くくく。まあ、構いません」

「この『千字堂』に来たと言うことは、その件について話し合おうという意思表示と見てよいのでしょうか」

奉親がうさんくさいほどの爽やかな笑みで薄紅を覗き込む。

「もしやとは思いますが、姫さまは怒ってらっしゃる？」

「さあ？」

「薄紅の姫も気になってお尋ねくださった、私の目的——真の相談事をついにお伝えできます」

「いいえ、別にまったく気になっておりませんので、お気遣いなく、早くお帰りくださいませ」

奉親はしれっと無視して話を続けた。

「心にもないことを。先日あれほど気にかけてくださったのは忘れません」

厳(いか)つい外見に反して人のいい義盛が冷や汗を流しているのを、奉親が助け船を出した。

「義盛どの。姫さまはからかっているだけです」

「そうなのですか」

義盛の問いに奉親が重々しく頷(うなず)く。

「先だって、私がうやむやで帰ってしまったのを多少なじりたいのでしょう。ただし、そもそも姫さまは恨みや怒りを根に持つ人ではないようにお見受けしております」

「一言多い」

薄紅が半眼で呟(つぶや)いた。

「あまり人の悪いからかいをしないでください」

と、ほっとしたような表情の義盛に、薄紅は水を一口飲んで返す。

「中……上﨟女房の方が私をからかう理由が何となく分かりました。いとをかしですね」

「若輩者の陰陽師(おんみょうじ)なれば、曲げてご寛恕(かんじょ)を」

奉親は慇懃(いんぎん)に頭を下げ、さらに持参して横に置いてあった包みを差し出した。分厚い。

「これは何ですか」

「空蝉(うつせみ)の件でお世話になったお礼の品です」

差し出された包みを開いてみると、大量の紙と竹簡が入っていた。かなりの量だ。

「おお……」

「日々の書き物にお使いください」

「え？　こんなにいただいてよろしいのですか」

薄紅が目を丸くした。黙ってもらっておけばいいのに、思わず確かめてしまうのが薄紅らしい。しかし、それほどにこの当時においては貴重な品だったのだ。何しろ朝廷で使う紙のために紙屋院（かみやいん）という官立の製紙所があったほどで、庶民にはほとんど手が届かなかった。同じ貴族でも薄紅くらいの家柄ではまだまだ贅沢な物だ。

「たくさんあった方がいいかと思って、紙の質はあまりこだわらなかったのですが」

「いえいえ。らっきょう陰陽師はこの半分くらいをもったいぶって差し出すのがせいぜいですから」

「……本当に申し訳ございません」

「義盛、義盛。十分よね？」

薄紅に呼ばれていそいそと義盛が近寄る。

「十分です、十分」と義盛が薄紅と肩を並べて紙と竹簡を確かめた。

「そうだよね」

「これだけあれば薄紅の姫さまが書いている話が完成できるでしょう」

「い――」

薄紅の顔に血が上った。

「夕顔が六条御息所の生霊に殺されていなかったらその後の恋はどうなったとか」

「う……」

「光源氏が須磨に流されて明石の上と出会ったときに、紫の上が光源氏のあとを追ってきたらどうなったか」

「ま、待ちなさい、義盛」薄紅が右手の平を突き出す。「は、恥ずかしい」

しかし、義盛はそう感じていなかった。

「何をおっしゃっているのですか。『源氏物語』は最高ですが、姫さまの書かれたもう一つの『源氏物語』だって素晴らしいです。ときにをかしく、ときに本家以上の愛憎が繰り広げられ――」

「あ〜〜〜〜〜」

薄紅がばたばたと手を振って熱く言いつのる義盛を止めた。だが、この中では比較的常識ある義盛も、語り出すと止まらぬ性を備えていた。

「どうなさいましたか、姫さま。こういう物語改変の試みは恥ずかしがる必要なんてないといつもおっしゃってるではないですか」

「もちろん、恥じるつもりはないわ。けれども、それは話の分かる身内だけのとき。奉親は話が分かるとはいえ、こちら側の人間ではないのよ」

「あ」と言ったきり義盛が固まり、すぐにひれ伏した。「この義盛、大量の紙と竹簡に我を忘れていました」

「思い出してくれてありがとう。これで止まらなければ義盛が書いた女三の宮と柏木の話を奉親に――」

「そんなことをされたら、腹を切ります」

奉親が咳払いをする。をかしそうに、意地悪くも美しい笑みを浮かべていた。

「薄紅の姫さまの書かれたものなら、ぜひ読んでみたいものです」

「……読ませません」

薄紅が水を飲んで心を静めている間に、義盛は奉親の持ってきた品を受け取って奥へしまいにいった。

「一つ目の礼の品をやっと納めることができて、よかったです」

「たしかにいただきました」

奉親が口を開いた。

「先日、姫さまが私に尋ねられた内容についてですが」

「奉親が私を使って何をしようとしているかですね」

「……少し人聞きが悪いのですが、ひとまずはそのままでいいでしょう。ただ、それについてお話しするのはもう少しだけ待ってほしいのです」

「どうしてかしら」

「もう少しだけ、待ってください。私の見立てではこの話をするには順序があるのです」

奉親の目が細められた。その際にわずかながらため息が漏れ出る。薄紅は、彼の呼吸の揺れに年相応の若さを感じた。

普段から大人びて生きているのだ、奉親は。陰陽師の名門に生まれ、兄たちもいた。陰陽師として生きていく以上、生まれにまつわる様々なことを背負っていく。

薄紅に陰陽師の何たるかは——若干の書物に載っていること以外——分からない。でも、その若さゆえのわずかな動揺は信じていいのではないか。

「分かりました。奉親を信じましょう」

「まことですね」

「本当ですよ。薄紅の名にかけて、私は信じると決めたら信じるのです」

薄紅はやや苦笑しながら自分の頬に触れている。

「それでは今から話す事柄にも、お力をお貸しいただけるのですね」

「そこまでは約束できかねます」

奉親が少し下がって頭を下げた。

「薄紅の姫さまはこの件、力を貸さずにはいられぬ方とお見受けしておりますので」

「はあ」

薄紅が気の抜けた返事をすると、奉親が狩衣の袖で口元を覆って、くくっと笑った。

「『はあ』とは、気のないお返事でございますね」

「何かこう、あなたはいまいち腹の底が知れませんわ。油断ならないのですよね」

「陰陽師としては褒め言葉と受け取っておきます」

「普通に嫌みと受け取っていただいて構いませんのですけれど」薄紅は頭をかいた。「それでどのような事柄なのでしょうか」

「正真正銘、私の手に余る出来事なのです」

「それはそれは」

奉親は一回、庭に視線を向けたあと、薄紅に目を戻す。

「ある若い僧侶の目を覚ましてやってほしいのです」

「……もう少し詳しく話してくださいませ」

「まだ若く、将来を嘱望されている僧で、実際のところ修行も真面目に取り組んできました。しかし、どうもたまたま見かけた女に懸想したようで……」

「まあ、『源氏物語』でなくとも男が女に懸想する話は珍しくありませんし、それで毎日が上の空になるのも俗世の人であればよくある話なのでしょうけれども」

源中将だって清水寺にお参りしたときに菖蒲を見かけ、あんな騒ぎを起こしたのだ。

「修行をしている僧としては情けない限りです。修行中の寺の住職から内々に長兄の安倍時親(ときちか)に相談があり、兄が私にこの一件の解決を指示したのです」

「それがあなたの手に余ったのならば、お兄さまがご自分でなされればよろしいのでは？」

薄紅がそう言うと、奉親が苦笑した。

「兄も忙しいので」

「かわいそうに。それで、そのお坊さんは今はどんなご様子なのでしょうか？」

「本来の法名は伏せて〝忍円(にんえん)〟と名乗り、女に歌や手紙を送っているようです」

「ということは、まだ通ってはいない、ということでしょうか」

「さすがに女犯(にょぼん)の罪を犯す手前で踏みとどまっている様子です」

しかし、それも時間の問題かもしれないらしい。

「そこまで突き止めているならば、当然、女の素性も分かっているのではございませんか」

「ええ。左京(さきょう)の南のこぎれいな邸(やしき)に住んでおり、五条天神社(ごじょうてんじん)が近いことから五条(ごじょう)の姫(ひめ)と呼ばれているそうです。多少、趣味の古いところもありますが、落ち着いた女性だとか」

「そうですか……」

薄紅は悩むように腕を組んだ。

「その忍円が五条の姫をあきらめる手助けをお願いしたいのです」

「それだけ相手を分かっているならば、あなたが何とかできるように感じるのですが」

奉親は眉を八の字にして、実に残念そうにため息をついてみせた。

「私は陰陽師なので、事が起これば忍円をいかようにもできるのです。ただ、いまは陰陽の占によってそろそろ忍円が一線を越えそうだと分かる程度。まだ事が起こってもいませんゆえ、〝女に懸想して修行に身が入らない〟だけでは、何とも……」

「人の心をいじくり回すのは、陰陽道ではなくただの呪いですものね」

と、薄紅も頬に手を当てる。

さらに奉親はいぶかしげに続けた。

「実は――なぜ忍円が五条の姫を好いたのかさっぱり分からないのです」

薄紅は軽く瞬きをして頷く。

「あー、はい。あなたはそんな人だろうとうっすら勘づいてはおりました」

「〝そんな人〟――」

「何と申しますか〝あ、この方け心を揺さぶる物語を読んでも涙しない人だ〟と」

奉親が憮然とした顔になった。

「恋物語は好みませんが、史記などの漢籍や伝承、経典は興味深く心に感じ入っておりますよ」

「まあ、当たらずとも遠からずでございましたか」

薄紅が珍しく脇息に片肘をついてくつろいだ。

「そういう姫さまはいかがなのか、お訊きしたいものですね」

「はい？」

「日がな一日ここで書物ばかり読んでいますが、実際の色恋はどうなのですか」

薄紅は優雅に水で喉を潤した。

「それはもう。毎夜、忙しく心を恋に染めておりますわ」

「毎夜……忙しく……」奉親が顔をしかめる。そのときふと、奉親が重大なことに思い至った。「念のため確認しますが、そのお相手のお名前は――？」

薄紅は花畑のように華やかな表情で答える。

「光源氏とか頭の中将とか」

『『源氏物語』の登場人物ではございませんか」

奉親の糾弾に、薄紅は断言する。

『『源氏物語』さえあれば、后の位だっていりません」

「あなたはまったく……。だからこそ、をかしであるのですが」

奉親がわざとらしく額を押さえているのを、薄紅は鼻で笑った。

「光源氏以上に私の興味を引いた男の人を、寡聞にして存じ上げませんので」

「……本当にあなたに忍円の恋を止められるのか、己の目が信用できなくなってきた」

「何かおっしゃいまして？」

「いいえ。何卒よろしくお願いします」

今回、薄紅の知恵を借りる報酬は、『源氏物語』の中の一帖「玉鬘」の絵巻物となった。まだ現物はなく、これから奉親が薄紅のために作らせるそうだ。

叶うなら、もう二度と訪れないと約束してくれる方がうれしい。読書の時間を奪われなくなるというなら、喜んで手を貸すつもりの薄紅だった。


それからさらに数日経った。都は重たい灰色の雲に覆われ、相変わらず五月雨が降っている。夏になる前の最後の大雨といった降り方だった。

「今日みたいな日が後宮勤めのお休みでよかった」

牛車に揺られながら薄紅が雨を見つめている。今日はいつもの紅の薄様の襲色目を身につけていた。

「相変わらずお忙しいのですか」

向かい側の奉親が尋ねる。薄紅の身を案じるような言葉をかけているようで、そんな気持ちを感じないのはなぜだろうか。無意識に、つい穿った目で見ているのかもしれない。

奉親は若菖蒲の重ね色目の狩衣だった。淡い紅が奉親を堂々と見せている。奉親の若々しい美しさが薄紅には眩しすぎて疲れる。うかうかと物語の登場人物のようだと空想してぼんやりすれば、その隙にどんな口車に乗せられるかと、気も抜けない。

「忙しいのはいつものことでございます。ただ、こういう雨の日はときどき上役が腰痛で機嫌が悪いのです」

「なるほど、大変ですね」

左京は名だたる貴族の邸が多く、雨の日は牛車が多い。

薄紅が使っている牛車はごく普通の牛車だが、ときどき目を見張るような装飾を施した牛車に巡り合う。そういうとき、義盛は熱心に装飾の素晴らしい牛車を見つめていた。しかし、薄紅は牛車よりも都の風景そのものを眺めている方が多い。後宮勤めのおかげで、多少の贅をこらした牛車では驚かなくなっていたからだった。

五条天神社の近くにある五条の姫の邸——それが今日の目的地だ。

五条の姫の邸はずいぶん真新しい造りだった。最近引っ越してきたのか、立て直したのかは分からない。土塀もしっかりしていて、有り体に言えばお金持ちの邸に見えた。

雨は弱くなってきている。

門を過ぎたところで、牛車が止まった。

何かあったのかと、雨の中、様子を見に出た義盛が大げさに驚く。

「あなや。牛車の車輪が外れかかっている」

義盛の報告を受け、奉親も牛車から出た。車輪の様子を確かめる。

「このまま走らせるのは危険です。どこかで直せるといいのですが……。この家の方に聞いてみましょうか」

　奉親が五条の姫の邸の門を叩いた。

　図ったかのように牛車に不具合が出たが、実際に予定されていたのである。

　五条の姫の邸に入りたいが、理由がない。「忍円という僧侶があなたに懸想しておりまして……」と訪ねるわけにいかないのだ。

　そこで、邸に入る口実に義盛がわざと「牛車の車輪を壊した」のである。もちろん、直せない壊し方ではない。義盛が多少時間をかければ直せる程度の壊し方だった。

　牛車が壊れて困っている、直す間だけ、中にいる姫を休ませてくれないか――端整な顔立ちの奉親が礼儀正しく頼めば、きっと否とは言われまい。そんな作戦だったのだが、うまくいった。

　ここから先は薄紅の出番だった。

　案内された局で薄紅がこれからどうしようかと考えていると、年かさの女房が白湯を持ってきた。

「この雨の中、身体を冷やされたのではないですか。邸の姫より、何もありませんがせめて白湯でもと」

「何から何まで、お礼申し上げます。おっしゃる通り、雨で身体が冷えていましたので、とてもうれしゅうございます」

薄紅は白湯を両手でおしいただくようにして暖をとりながら、笑顔で頭を下げた。後宮で鍛えられた笑顔である。こういうときは、美人ではなくとも童顔で人なつっこく見られるのがありがたい。

「他に足りないものはございませんか」

「重ね重ね、ありがとうございます。たまたま門を叩いたにも拘(かか)わらず、ここまでしていただけるなんて。もしや、前世の因縁があるやもしれません」

「はい。当家の姫も同じように申しておりました」

「ああ、何という素晴らしいお心をお持ちの姫さまでしょう。お礼のご挨拶(あいさつ)だけでも申し上げたいのですが」

笑顔で話を進める一方で、衣裳(いしょう)の下には汗がにじんでいた。ここが第一関門なのだ。後宮で上役の無理難題を笑顔でこなす訓練を積んだと思えばこれしき。お願い、五条の姫さまに会わせて。

年かさの女房が立ち上がって、五条の姫の意向を聞きに行ってくれた。その後ろ姿を微笑みで見送りながら、薄紅は心の中で「会わせて会わせて会わせて……」と念じている。ほとんど呪詛(じゅそ)だった。

その呪詛(祈り)のおかげか、程なくして薄紅は五条の姫の局に案内された。

広めの局の中に、小柄な姫が座っている。まるでお雛さまのようだ。五条の姫は薄紅を認めると可憐な微笑みを浮かべた。

「この雨の中、とんだ災難でございましたね」

作りの小さな目鼻、ふっくらした頰、笑ったときの屈託のなさ、艶やかな髪。若々しい色々の襲色目の衣裳をうまく着こなし、薫香も奥ゆかしさに清々しさがまじっている。薄紅は内心唸った。これはかわいらしい。例の忍円なる僧が五条の姫のどこを見たかは分からないが、審美眼に間違いはない。

その無邪気さとかわいらしさに、薄紅は心がはしゃいでしまった。まさに、今回のお礼の品の予定の玉鬘のようではないか。

「何から何までありがとうございます。このような雨の日に外出して、挙げ句、見ず知らずの姫さまにご迷惑をおかけし、本当に申し訳ございませんでした。親切にしていただいたうえ、思いがけずこのようにお美しい姫さまにお会いできてまことに光栄です」

「まあ、ご冗談を。薄紅さまこそとてもお美しくて」

かわいらしい五条の姫にそのように言われて、薄紅は肩身が狭い。

「恐れ入ります。しがない中流貴族の娘です。物の本には『つれづれと身をしる雨のをやまねば袖さへいとゞみかさまさりて』――寂しく自分の身の程を知らされる雨が、止むこともなく降り続くので、袖までが涙でますます濡れてしまいます、などと言いますが、そんなことはなくこんな素晴らしい出会いがありますとは――」

　薄紅がついつらつらと暗誦すると、五条の姫は朝露に咲く花のように笑みを広げた。

「まあ、その歌、『源氏物語』の『浮舟』ですね？」

「あら」

「私、大好きなんです」

　かわいい姫の大好き発言に、薄紅は胸が熱くなる。

「左様ですか――」

「まさか、『源氏物語』がお好きなお方とこうして出会えるなんて」

「ええ、あの素晴らしい物語を好む者が偶然に出会うなんて――なんて気の利いた天の思し召しなのでしょうか」

　五条の姫はいたずらを見つかった女童のように扇で顔を隠した。

「恥ずかしながら……毎日毎日繰り返し読んでいます」

　思わず薄紅は両手を握りしめて膝立ちになった。

「恥ずかしがる必要なんてございませんわ」

「え？」と五条の姫がびっくりしている。

「あ……」我に返った薄紅が腰を下ろし、衵扇で口元を隠す。『源氏物語』は女のたしなみです」

薄紅の言葉にきょとんとなった五条の姫だったが、すぐにくすくすと笑い始めた。

「薄紅さまも『源氏物語』がお好きなのですね。歌がさっと出てくるとは、相当読み込んでいらっしゃる？」

「ええ」と頷き、ちょっと迷って付け加える。「ざっと十五年以上は」

今度こそ五条の姫は驚いた顔になったが、またすぐに笑顔になった。

「ふふふ。それでは私の相当先輩に当たるのですね」

「相当……」薄紅が心に少なからぬ傷を負う。だが、やむを得まい。「ちなみに姫さまはいまおいくつで」

「十六歳です」

「……私が『源氏物語』一揃いを伯母さまからいただいた年に生まれてらっしゃる」

「何か」

「いえ。何も」薄紅は内心の動揺を笑顔で押し隠した。「五条の姫さまは『源氏物語』で特に好きな帖はおありですか」

「私、『夕顔』が好きです」

と五条の姫がきっぱり言い切った。その輝くばかりの表情が薄紅には好ましい。

しばらくぶりに若い同性と『源氏物語』を心ゆくまで語り合えそうだ。このとき、すでに薄紅の頭の中は同志に出会えた喜びが当初の目的を圧倒していた。けれども、この姫さまと心知る仲となるのはきっと間違っていないのではないかしら。と、数拍ののちには奉親と義盛の存在がすっかり忘れ去られてしまうのであった。

『源氏物語』談義は長く続いた。

「あの、牛車、直りましたが」と義盛が声をかけても、五条の姫と薄紅の話は終わらない。止まらない。

「やっぱり藤壺の女御の奥ゆかしさは他の女性には見られないものではないでしょうか。道ならぬ恋に心を痛めつつも、あれだけ美しく振る舞えるのはなかなかできることではありませんもの」

「薄紅さま、それを言ったら明石の上だって、自ら産んだ娘を紫の上が育てることになって、それでもじっと己を律している姿は、私にはとても清らかで美しい女性の徳を見るように思うのです」

「頭の中将、かっこいいですよね。若い頃の少し荒削りなところも素敵ですし。何より親友の光源氏が須磨に流されるときには、弘徽殿の女御たちに睨まれるのを承知で光源氏を見送りに来た男のやさしさに、ぐっときます」

「夕霧だってちょっと陰がある貴公子ですけれども、光源氏の実子でありながら父親とは違って繊細に育ちましたよね。ああいう男性も素晴らしいと思います。雲居の雁との純粋な恋が実ったときには本当に我が事のように涙が出ました」

「温和で慎ましい性格の花散里に、光源氏はもっと感謝すべきだと思うのです」

「薄紅さまにまったく同感です。美人揃いの光源氏の女性関係にあって、一見地味ですけれども、花散里の良妻賢母さは光っています。夕霧も花散里が育てたからあんな素晴らしい方になったのだと思います」

「光源氏も、最後はあなたのような家庭的な女性のところに自分は戻っていくものかもしれないというようなことを言っていますが、ふふ、世の男も同じようなことを言うみたいですね」

「まあ――」


水を得た魚とばかりに薄紅が止まらない。ほとんど全力の薄紅についていっているのだから、五条の姫もなかなかのものだった。

年かさの女房が新しい白湯を持ち、じきに冷たい水を持ってきた。

「夕顔」が好きだと言った五条の姫だが、自身の出自に似ているところがあるようだった。夕顔は三位中将の娘で、光源氏の親友の頭の中将の側室ながら、ひっそりと暮らしている。光源氏はそんな夕顔をそれとは知らず愛人にするのだ。五条の姫も明言はしなかったが藤原家に連なる娘のようだった。

だが、五条の姫自身は夕顔のように誰かの側室とはなっていないようだ。それどころか、この小さな邸で訪ねてくる人もほとんどなく、つましい生活を送っているようだった。

父親があだやおろそかにしているわけではない。むしろその逆で、父親は五条の姫を目に入れても痛くないほどにかわいがっている。世間から遠ざけるようにして掌中の珠のように育てていたからだ。

歌にしろ碁にしろ双六にしろ、五条の姫一人きりで楽しむ遊びではない。食べ物に贅をこらしても、一人で食べては味気ない。

日がな一日、邸の局の中で過ごすというのは、若い五条の姫にとって限りなく退屈だった。手すさびに琴を弾いても笛が応えるわけでもなく、張り合いがないのだ。

おかげで、五条の姫のもっぱらの楽しみは物語を読むことになった。

薄紅ほどの蒐集家ではなかったが、その分、五条の姫は『源氏物語』を繰り返し読んでいる。

「いつか自分にもこんなふうな素敵なお話がやってくるのかしら」

見目麗しく教養も備わったお方が忍んできたり、貴公子たちが自分を取り合ったりするのだろうかと想像する。若き日の光源氏や頭の中将たちが雨の夜に理想の女性を言い合う「雨夜の品定め」に出てきた、中流貴族に素晴らしい女性がいるようだという話を自分のことのように感じたりした。ただ、そのあと、とりわけ寂しく蔓草などが覆う荒れ果てた邸に可憐な姫がいたりすると書かれていて、そこまで荒れていない我が邸に落胆したそうだが……。

「まったくお恥ずかしいことでございます」

と、五条の姫が頬を赤らめている。

「そのようなことはございません」

薄紅が力を込めて慰める。『源氏物語』を読みながらあれこれと空想するというのは、薄紅にも〝身に覚えがある〟ことだ。たしかに他の人から見たら苦笑いをしてしまうかもしれない。しかし、そんなふうにのめり込める物語の力というのは、何よりの娯楽であり、同時に心を豊かにさせてくれるものだと薄紅は信じている。

五条の姫と薄紅という、一面識もなかった者同士が同じように『源氏物語』を読み耽り、空想をたくましくしていたのは不思議であり、素敵なことだと薄紅は思った。

「ありがとうございます。ですが、私も裳着を終えた女の身。父がそろそろ私を後宮に出仕させようと考えてくれているようで」

「本当でございますか」

「禎子皇后宮さまのそばにお仕えする予定だったのですが……」

いまその肝心の皇后宮が後宮から下がってしまっているので延び延びになっているとか。

五条の姫は夕顔ではなく、決して手を出してはいけない朧月夜だったのか——。

薄紅は笑顔の奥で血の気が引いた。皇后宮だってじきに後宮に戻ってくる。そうなったら五条の姫は改めて出仕してくるだろう。ということは、宮中で顔を合わせる可能性もある。〝薄紅〟でなく〝萱侍従〟を名乗っておけばよかった……。

薄紅は意味なく何度も小刻みに水を啜った。

「ところが最近ちょっと困ったことがありまして」

と五条の姫がかわいらしい顔を曇らせる。

「どうされたのですか」

「ときどき、投げ文みたいなものがありまして……」

「まあ」

「歌などを書きつけていらっしゃるのですが、それが、その——」

五条の姫が申し訳なさそうな顔をした。薄紅にはそれだけで、この同志の言わんとするところを察した。

「下手なんですね？」と薄紅が情け容赦なく聞くと五条の姫が頷く。

「字はそれほどお下手ではないのですが、歌がどうにも。夕顔の子であった玉鬘を横からさらっていった無粋な髭黒の大将のようにおひどくて……」

なぜだろう。見てもいないのに、無性に忍円の仕業であるような気がしてきた。

「その投げ文を見せていただいてもよろしいでしょうか」

「えっと……あまりにも内容がお粗末であられたので――捨ててしまいました」

「あ、そうですか」と言うしかない。

ちなみに見た目だけなら義盛は〝髭黒〟だが、『源氏物語』を十分読みこなしているし、歌だって上手である。

「でも、少し内容は覚えています。何だか〝法華経〟だとか〝御仏〟だとか〝観音〟だとか、御仏の教えの言葉がたくさんちりばめられていて。その、私のことを観音のようだなどと詠んでたり」

「あの、ひょっとしてその投げ文、線香の匂いがいたしませんか」

「まあ、よくご存じで。何かお心当たりでも？」

「え、あ、いや、ちょっとした女の勘です」

薄紅は心中、頭を抱えた。これはもう、忍円で決定だろう。

「そうかと思えば昨日などは〝明日の新月の夜にでも忍びたい〟などと直接で品のない言葉があり、正直なところ少し恐ろしいのです」

忍円に会ったことはないが、すぐにでも説教してやりたくなってきた。後宮勤めを控えた姫に手を出したりしたら、本当に髭黒の大将と同じだ。物語では何だかんだで玉鬘と髭黒大将は夫婦になったが、現世（うつしよ）でそれをやってはいけない。

ましてや忍円は僧の身であろう。それから奉親も、さっきと話が違う。結構下心だらけなのですけれど。もっと正確に状況を教えてくれないと困るではないか……。

いろいろと愚痴りたいのをぐっと堪（こら）える。

「それで、どうされたのですか」と薄紅。

「父にも相談し、家の者たちに夜の見知らぬ来訪者は誰も通さないようにさせました。さらに、今夜からしばらくの間、日暮れ前に私は父と一緒に別邸へ移動しようかと」

十分すぎるほど大事になっている。

「その投げ文の男らしい者を見つけたりは……？」

「そのようなことは特に――」

まだ見つかっていないのは幸いだが、また投げ文などされたら見つかってしまうのは時間の問題だろう。何より、五条の姫が不自由な生活をしているのがかわいそうだった。

「五条の姫さまには、牛車（ぎっしゃ）で困っていたところをお助けいただきました。また『源氏物語』でこんなにお話しできて楽しいひとときを過ごしました。そのお礼ではありませんが、その妙な投げ文の相手、私が追い返してみせましょう。薄紅の名にかけて」

薄紅は両手をついて宣言した。

それから薄紅は五条の姫だけでなく年かさの女房や奉親、義盛などを集めていくつか打ち合わせをしたのだった。

都の夜空に星が瞬いている。

今夜は新月なので月がない。その代わり、天の川が大きく天空を覆っていた。五月雨の雲もなく、久しぶりの星々だ。

その星に背を向けて、頭巾を被った一人の男が五条の姫の邸の門を叩く。

「もし。文を投げ込んで道を尋ね、今宵の新月の月を探している者です」

いまいち意味が判然としない言葉だが、投げ文をしていたと自白しているのは分かった。

門が開き、姫の局に通される。灯りが灯っていた。

「何度も投げ文をくださったのはあなたさまでしたか」

御簾越しに五条の姫が問う。男は興奮して息が荒くなっている。

「ああ、姫さま。そのお声を聞けただけで天にも昇る法悦を感じます」

「そんな、大げさな」

「いいえ。いかなる経典を読経しても、姫さまのお声の尊さにはかないますまい」

「御仏の教えと比べるなど畏れ多いことでございます。あなたさまはどのようなお方なのですか。なぜ頭巾で頭を覆っていらっしゃるのですか」

「私の名は忍円。御仏に仕える身の者です。本来、このように忍ぶことの許されない身なれば、頭巾で禿頭を隠してやってまいりました」

「何と恐ろしいことでしょう――」

御簾の向こうで忍円の名前を聞いた五条の姫が嘆息する。いや、正しくは五条の姫ではない。姫は姫でも薄紅が、五条の姫の振りをして、御簾越しに忍円と対話しているのだった。

本物の五条の姫は父親と共に別邸に移っている。

万一、忍円が強引に薄紅に襲いかかってきたりすれば、控えている義盛と奉親がただでは済まさない段取りになっていた。

当然、忍円は気づいていない。

「この忍円、僧の身なれば姫さまに触れたりなどいたしません。ただ、そのお声をお聞きできただけで果報であります」

「昼間に当家をお訪ねいただいてもよろしいのに」

「もったいないお言葉。なれど、昼間は仏道修行に打ち込んでますゆえ」

だったら、色恋に寄り道するな、と薄紅は苦笑いしていた。

薄紅は耳に神経を集中させて忍円の声にこもった感情を読み解いている。

どうやら忍円の言葉に嘘はないらしい。ここでの〝嘘はない〟とは〝言葉通りに受け取っていい〟という意味だ。つまり、忍円は女犯の罪を犯すつもりはないらしい。僧としての矜恃を保っているからなのだろうが……果たして今の決意がどこまで持つか。

男女の恋の熱情の前では、頭の良し悪しや身分の高下はまったく通用しない。『源氏物語』を読んでいればよく分かることだ。

だから――奉親の要望通り、さっさとあきらめさせなければいけない。

「『源氏物語』」

薄紅がそう言うと、忍円が水を差されたような顔になった。

「は？」

「ですから、『源氏物語』です」

「はあ……」

「私、『源氏物語』が好きなのです。博識そうなお声のお坊さまですから、きっとお読みになったことがおありなのではと」

途端に忍円の肩が落ちる。

はっきり言って、仏道修行を熱心にやりながら『源氏物語』を読むのは難しい。執着を断ち、欲望を抑えていく心の修行ではさまざまな仏教経典を教学しなければいけない。その間をぬって膨大な『源氏物語』を読み解くのは時間が足りないはず。むしろ『源氏物語』にある、めくるめく恋物語を読み耽っていたら、かえって煩悩にまみれるかもしれない……。

忍円が難色を示せばそれを口実に縁を切るつもりだった。

「私は不勉強ながら『源氏物語』は読んだことがありません」

薄紅は内心、快哉を叫んだ。御簾を隔てているが、念のために口元を扇で隠す。これならば、予定通りお断りすればいい。

「左様でございますか。では――」

と、拒絶の言葉をつなごうとした薄紅に、忍円は言った。

「いまから読みます」

「え？」

「やはり姫さまとお話をさせていただける以上、私もそれ相応の努力は必要だと思います。『源氏物語』、俗世の頃の実家にはあったはずですので、一度読んでみます」

前向きすぎる忍円に、薄紅の方がうろたえる。

「えーと」

「何か？」

「あ、いいえ。そ、そうですね。そういう教養深いお方から想われたら、とてもうれしゅうございますわ。ほほほ」

　何とか取り繕う薄紅。自分でもどうしてこうなったのかよく分からない。それよりも
「ほほほ」って何だ。いや、誰だ。

「分かりました。そうですね。五日後、また参ります」

　そう言って忍円はさっさと立ち上がってしまった。どうも、男女の会話の駆け引きを楽しむ機微はさっぱり分からないらしい。頭が痛くなってきた。

　このやりとりは当然、五条の姫にも伝えたのだが……。

「まあ」と言ったきり、五条の姫も驚きあきれるばかりだった。

「あの、私が言い出したことでもありますし、五日後の夜も私が対応します」

　複雑な表情の薄紅を、奉親も義盛も困ったように見守っている。

「薄紅さま……」

「奉親どの。ご心配なく。少し予想外の出方をされましたが、やるべきことは変わっていませんから」

　そうして、約束の日の夜。

　上弦の月が天に高く昇る頃、忍円がやってきた。

「姫さま、姫さま。読みましたよ」

　声に多少疲れが混じっているのは気のせいか。

「本当に五日で『源氏物語』をお読みになったのですか」

大変だったであろう。何しろ五十四帖(じょう)あるのだ。だいたい、興味のない人は光源氏が朧月夜尚侍に手を出して須磨に流されるあたりで読むのがつらくなる。そのため俗に「須磨源氏」などと言われたりするのだが……。

薄紅がその辺に水を向けると忍円が苦笑した。

「『須磨』の帖になってどうなるのかと思っていたら、『明石』で新しい女性が出てくるとは思いませんでした」

「……ちゃんと読んでらっしゃる」

「何かおっしゃいましたか」

「いいえっ」

ひょっとして――いや、ひょっとしなくても、忍円はものすごくいい人なのではないだろうか。五条の姫と忍円を引き離さなくてもいいような気が……しないこともない。忍円が本気なら還俗(げんぞく)して僧の身分を捨て、五条の姫と結ばれるのもありなのでは。もしかしたら、私はただのお邪魔虫なのではないだろうか。

しかし、薄紅は不意に、忍円の顔を見ていないと思い出した。忍円はどんな顔をしているのだろうか。御簾を隔てていて見えないのがもどかしい。

思わず考えこんでしまったが、薄紅はぎりぎりのところで、再び自分の役目を思い出した。とにかく、私は奉親に頼まれているのだ。忍円を五条の姫から遠ざけなければいけないのだ。

　そんな薄紅の懊悩（おうのう）をよそに、忍円がうれしげな声を出した。

「姫さまがお好きなものを教えていただき、本当に感謝いたします」

　これ以上、人の好（よ）いところを見せないでほしい。

　薄紅は心を鬼にした。

「ちゃんとお読みになったのですね」

「はい」

「それであれば――梅壺（うめつぼ）の女御（にょうご）とは誰の娘でしたでしょうか」

「……え」

　御簾の向こうで忍円が凍りつくのが分かった。

「ちゃんとお読みになっているのですよね？　それであればお分かりになるはずです」

「あ……いえ……その……」

　ごめんなさい。これが私の役目なのです。――と思いながら、扇で口元を覆いながら笑顔を作る。

「どうされましたか」

　御簾の向こうで忍円が身体を揺らしている。

「あのぉ――桐壺の間違いではないですよね？」

「まったく違います。桐壺は光源氏の母親ではございませんか」

「そ、そうですよね」

「失礼ながら重ねて申し上げれば、桐壺は『女御』ではなく『更衣』です。その身分の低さゆえにいじめられて若くして儚くなり、光源氏の美しさに悲劇の陰を一生添えるのですよ」

「はい、はい。もちろん存じていますっ」と忍円が慌てている。「あの、藤壺の女御ではないですよね」

「何で藤壺さまとお間違えになられるのですか。藤壺の女御と光源氏の禁断の恋は物語最大の山場の一つです。……ひょっとして、本当はきちんと読んでいらっしゃらないのではございませんか」

「いやっ、そんなことは決してっ」

おそらく脂汗をかいているであろう忍円に、心の中で手を合わせ、薄紅は追い込み続ける。なお、「梅壺の女御」とは「秋好中宮」という登場人物の別名である。秋好中宮は光源氏に翻弄され、生霊となって夕顔や葵の上の命を奪った六条御息所の娘だった。梅壺を使っていたため梅壺の女御とも呼ばれるのだが、意地悪な問題である。

ただ、薄紅はもちろん、おそらく五条の姫もすんなり答えるだろう。答えられない忍円には五条の姫の話し相手は厳しいとも言える。そういうことにしておこう。

「はあ……。心ゆくままに物語についてお話しできるかと思いましたのに、残念ですわ。これでは――」もう訪ねられても困ると続けるべく、薄紅は儚げにため息をついた。

「ちゃ、ちゃんと最後の『夢浮橋』まで読んだのですが」とうとう忍円が両手をついて平伏する。「もう一度、もう一度、きちんと勉強してまいります。あと五日、いや三日ください」

「そのようにご無理をなさっては尊い仏道修行に差し障ります」

その言葉は割と、薄紅の本心だったりする。

結局、薄紅がなだめすかしてあきらめさせようとしたのだが、三日ではなく五日かけて、もう一度、忍円に『源氏物語』を読む時間を与えることになってしまった。

「それでは、今宵はこれにて。姫さまに釣り合う資格を得るために、一刻も無駄にできませんゆえ」

忍円の足音が遠ざかっていく。上弦の月は西に沈もうとしていた。

「次回で、必ずや最後に」

と薄紅が、隠れていた奉親と義盛に告げる。二人が頷くのを確かめると、薄紅は脇息にもたれながら大きく息を吐いた。

五日後の夜の同じ刻限に、忍円がまたやって来た。

「姫さま、先日は失礼しました。梅壺の女御とは秋好中宮のこと。すなわち、六条御息所の娘でございました」

訪れるやいなや、忍円が嬉々として報告をしてきた。薄紅から見ればをかしであり、あはれであり……。

「それでは、本当に深く読み込まれたか、いくつか質問させていただきますね」

「ええ、どうぞ」

自信満々に忍円が応える。

「『桐壺』の帖で、帝が一人の美女にのめり込んでいってしまい国を傾けるのではないかと陰口を言われ、ためしとして出された唐土の美女はどなたですか？」

「楊貴妃です」忍円がさらりと返した。

「なるほど。基本ですものね。――頭の中将の娘の一人で、とても早口に育った女性の名前は？」

「近江の君です」

「その近江の君が早口になってしまった理由とされる大徳のいたお寺の名前は？」

「あー、生まれたときに産屋に詰めていたお寺の別当の大徳が早口だったから、近江の君も早口に育ったのですよね。え――……妙法寺です」

薄紅は舌を巻いた。実によく読んできている。

「次は少し難しいですよ。――今めかしくて和琴が上手とされる、落葉の宮の母は、『横笛』の帖では何と書かれていましたか？」

落葉の宮とは光源氏に嫁いだ女三の宮の姉で、女二の宮とも呼ばれる。

「御息所、です」

重箱の隅を突くような問題を与えても、少し考えるが忍円から答えが返ってきた。

いとをかし。

薄紅はあやうく役目を忘れてしまいそうなくらい楽しくなった。

それと同時に、これだけ物覚えがよいなら、仏道修行に専念すればどれほど立派になるだろうかとあはれに思えてくる。薄紅が仕掛けたことなのだが。素質がよいからこそ、周囲の人間や奉親も気を揉んでいるのだろう。

一通り、薄紅が質問を終えた。忍円はすべて答えきった。

「――お見事でした、忍円さま」

「姫さま。私の名を呼んでくださるのですか」

「それほどまでに真剣に想っていただいたこと、本当にうれしく思います」

たぶん、五条の姫としても悪くは思うまい。惜しむらくは、忍円がすでに出家の身分だというだけ。致命的な問題ではあるのだけど。

さらに言えば、やはり通ってくる刻限がよろしくない。頭巾を被っているとはいえ、僧が夜に人目を忍んでくるのはどうしても破戒僧の匂いがつきまとってしまう。

薄紅がそんなことを考えていたときだった。

不意に、忍円が黙った。

風の音がかすかに聞こえるだけの沈黙。

灯りが揺らぎ、音を立てた。

――あれ？　忍円どの、ちょっと怖い？

口の中が渇く。薄紅は唾を飲み込んで扇を閉じると、後ろに手をついた。

忍円が立ち上がろうとする。「ひ、姫さま――」

その瞬間、年かさの女房が明るい声で白湯を持ってきた。

「ご酒はいけないとお聞きしましたので、白湯をお持ちしました」

「あ、はいっ」と、忍円が火に触れたように座り直す。

年かさの女房がにこやかに白湯を振る舞い、忍円が勧められるままに飲んだ。

「ささ、温まってください」

「ありがとうございます。――おいしい、で、す」忍円の声が揺らぐ。「これは……？」

気がつけば、青く光る蝶が忍円の周りをたゆたっていた。薄紅も思わず声が出そうになるのを抑える。

青い蝶の正体は奉親が放ったものだった。まるでこの世ならざるもののように美しく、薄紅も目にするのは初めてだ。一体どういう仕掛けなのだろう。

その蝶を目で追う忍円の呼吸が荒くなっていた。

薄紅はその様子を見て、歌を口ずさんだ。

鐘の音の　絶ゆる響きに　音をそへて
　わが世尽きぬと　君に伝へよ

――鐘の音が消えてゆく響きに私の泣く声をそえて、私の命も尽きたと母に伝えてください。


その歌は『源氏物語』最後の女主人公・浮舟（うきふね）が二人の男性からの恋の板挟みに苦しみ、死を覚悟したときの歌だった。

歌が終わるか終わらないかのうちに、忍円の身体がどうと倒れた。うわごとのように「姫、さま」と呟（つぶや）いている。

飲ませた白湯に、眠り薬を入れていたのだった。

「これ。起きよ。起きよ——」

身体を揺さぶられて忍円はゆっくりと目を開けた。耳にごうごうという川の音がする。

「ここは——？」

この水音は鴨川だろうか。しかし、五条の姫の邸にいたはずではないか。そんなふうに忍円がぼんやり考えていると、再び乱暴に身体を揺さぶられた。

「起きよ、起きよ」

すでに夜明け前なのか仄明るい。忍円が目を開けると、白い頭巾を被った山法師が長刀をついて忍円を見下ろしていた。

「あなや」

眠気もどこへやら、忍円が飛び起きて後ずさる。その忍円に山法師が長刀を向けた。腹の底から響く声で忍円を一喝する。

「動くな」

「ひっ」

歯の根が合わぬほどに忍円は震えた。

「我は生前、比叡山の僧であった者なり。おぬしがどこぞの姫と会っていたと思うておるのはすべて我が法力によるもの。おぬしが女への情欲の炎を鎮められずにいたので方便を使ったのだ」

「何と――」

「もし今後、まだ姫を追うようなら、この長刀で首をはねん」

山法師は長刀を頭上で大きく旋回させた。長刀が空を切り、唸(うな)る。

「あなや」

と忍円が再び叫ぶ。

忍円は一目散に逃げていった。

以後、忍円は心を入れ替えて修行に励むようになるのだが、それは別の話である。

大慌てで走っていく忍円の姿を、物陰の牛車(ぎっしゃ)から薄紅と奉親が見つめていた。

「少しあはれな気もしましたが、奉親としてはこれでよかったのですよね」

「はい。ありがとうございました」

奉親が丁寧に頭を下げた。

「私としては嫌な役でございましたが」

「そうでしたか」

「五条の姫さまが読んでいるなら、自分も『源氏物語』をきちんと読みますなんて、いい人だったではありませんか、あの忍円どの――いいえ、円弼(えんぴつ)どの」

薄紅がその名を告げると、奉親が怖い顔で振り返った。

「どうして、その名前を――」

東の空が赤く染まっていく。その明るさの中で、薄紅は目にかすかな悲しみをこめて微笑んでいる。

「円弼、俗名は安倍国時。安倍晴明の五人の孫の三男。つまり、奉親の兄上でいらっしゃいますよね？」

奉親は薄紅から目を逸らし、東の空を見つめた。忍円――兄である円弼が走り去った方向とは逆だ。

「なぜ分かったのですか。いや、正しい問いはこうですね。『いつから気づいていたのですか』」

薄紅は朝焼けに目を細めた。

「そうですね……。最初から、でしょうか」

薄紅が少し申し訳なさそうに言う。奉親は思わず薄紅に目を戻した。

「まったく……」

と、奉親が口の端だけで笑った。

「物語を繰り返し深く深く読んでおりますと、不思議と人の心が分かってくるものなのでございます」

「はあ……」

「奉親はこう言ったではありませんか。『ある若い僧侶(そうりょ)の目を覚ましてやってほしい』『修行をしている僧としては情けない限り』と。前半はともかく、後半の『情けない』というのは明らかに奉親の気持ちでしょう？　つまり、相手は奉親自身の感情が動くくらい親しい関係にある人間だと、その言葉が私に教えてくれていたのですわ」

「…………」

「それから『修行中の寺の住職から内々に長兄の安倍時親に相談が』あったとも話してましたよね」

「はい」

「普通、お坊さんに何かおかしなところがあったら、師である住職が厳しく指導するはずです。出家とはそういうものですから。それに、あの方がどちらのお寺で修行されているかは分かりませんでしたけれども、仮に密教僧でしたら陰陽師(おんみょうじ)とはある意味で対になる存在です。俗な言い方をしてしまえば商売敵と言ってもいいでしょう。お寺の不祥事といってもいい、今回のような事柄を、陰陽師に相談するのはおかしいのです」

「……そうでしょうね」

「それでも奉親のお兄さまに相談したのはなぜか。それは陰陽師として奉親のお兄さまに相談したのではなく、その僧侶のお兄さまに相談したという意味ではないかしら」

奉親が苦笑した。

「ははは。恐ろしいほどに今回の出来事を見抜いていらっしゃる。これではどちらが陰陽師か分かりませんよ」

「ふふ。物語読みを舐めないで頂戴」つられるように薄紅も笑う。その薄紅の目がきらりと光った。「だから、いまうまくごまかしたつもりなら、まだまだ甘いですわ」

「…………」奉親の笑みが固まった。

「『兄が私にこの一件の解決を指示した』というのは、嘘ではございませんか」

奉親は朝日に照らされているのに、顔が白く見える。だが、しばらくすると奉親はいつもの腹の底の読めぬ笑みと共に手を叩いた。

「さすがですね。あなたは、まったく……」

「どういたしまして」

「――出家した自分の兄弟が女性に懸想して修行を怠っている。私は陰陽師ですが、僧侶の修行も陰陽師の修行のように厳しいと知っています。当然、兄上も。本当なら修行の先輩として、あるいは陰陽師の師として円弼を一喝すればいい。でも、兄上はそうしないで手をこまねいていました。なぜか。それは、兄としてではなく、修行の先輩として後輩の円弼を――見限ったからなのです」

「…………っ」薄紅は息をのんだ。

それは父の代わりの峻厳な長兄の愛でもあっただろう、と奉親は言う。

「けれども、私にはそこまでできなかった。なぜなら、円弼に対して——大切な兄としての情が残っていたからです」

「なぜ、私に相談したのですか」

「薄紅の姫さまに相談したのは、他の誰に相談しても万一事態が露見すれば、安倍家の名に傷がつくと思ったからです。その点、あなたなら信頼できる」

「なるほど」

奉親は淡々と続ける。

「円弼は——国時兄さんはとてもやさしい人なのです。長兄次兄たちは安倍家の陰陽師として厳しく自他に接していました。一番下の私には幼くして亡くなった父よりも、長兄次兄の方が怖いくらいでした。けれども、国時兄さんだけはいつもにこにこしていて、一緒に遊んでくれたものです。その遊び方も、自分が楽しいと思ったことを私と遊ぶのではなく、私が楽しいと思ったことを自分も一緒に飛び込んで遊んでくれる、そんな人でした」

「そうでしょうね」と、薄紅が頷く。

円弼が〝五条の姫〟に扮した薄紅から『源氏物語』を読んでくれと言われたら、心血注ぐほどの真剣さで読み込んできた一事からも、それは分かった。

奉親が切れ長の目で遠くを見ている。

「さっきも申し上げた通り、陰陽師の修行は過酷です。末弟ながら、私は国時兄さんが一生、陰陽師としてやっていけるか、危ぶんでいました。国時兄さんに素質がないというわけではありません。ただ、向き不向きの問題なのです。陰陽師になるよりは、国時兄さんは御仏(みほとけ)の慈悲の教えの中に生きた方がいいのではないかと。だから、国時兄さんが出家の道を選ぶと聞いたときには、悲しくもありましたがよかったと思いました」

「ところが、五条の姫に懸想するという事態になった」

奉親が目を瞬いた。声は平静だった。

「女の誘惑に勝てないで退転していく修行僧はあとを絶ちません。今回の知らせを聞いて、長兄の時親も他の兄弟たちも悩みました。けれども、本人の心をいじくり回すことはできない。ここで自らの欲に負けるなら、家に戻って陰陽師になっても心の修行を積んで魔を調伏する力を持てないのも事実」

円弼を脅した山法師がこちらにやってくるのが見える。

「いいお兄さまだったのですね」

「はい」

「ふふ。奉親も血が通った人間だったのね」

「……それはどういう意味でしょうか」

「また、円弼どのがやさしさゆえに道に迷ったらいつでも相談に乗るから、遠慮せずに話してね。薄紅の名にかけて、知恵を絞りましょう」

「——深く御礼申し上げます」

長刀を持った山法師が牛車の横に辿り着いた。白い頭巾を取ると、義盛の厳めしい顔が現れる。目を真っ赤にしている義盛を、奉親が不思議そうに見ていた。

「姫さま、何も聞いておりません。私は離れて立っておりましたので。ううっ……涙する家族愛の話など、立ち聞きしておりませんぞ……」

「義盛は朝の寒さで洟が出ているのでしょう」

「それはいけない」肩を小刻みに震わせながら、奉親が懐紙を取り出して義盛に鼻を拭くように促す。「だが、義盛どのの感情豊かなところも繊細さも、人柄として、をかしと思いますよ」

「奉親どの、お気遣いありがたいのですが、それでは私がおふたりの話を立ち聞きしてしまったことになってしまいます」

「まったく。今回の件を物語の題材にすることで代価にできないかと奉親が言うのだけれど、僧が姫に懸想するなんて物語に書けやしない」

「薄紅の姫さま……？」

さっきの話は私の心一つにしまっておこう、と薄紅は思う。幸い、義盛も感動しているけど、何かで公表したいようではないみたいだから。

その義盛は薄紅の言葉にうんうんと頷きながら、髭(ひげ)を撫(な)でている。

「たしかにそうですな。しかし、男であれだけ『源氏物語』を読み込んだ方は珍しい。本当なら私こそ、かの僧といろいろ『源氏物語』について話してみたいのですが、やめておきましょう」

「なぜですか」と奉親が尋ねると、懐紙を使った義盛は答えた。

「『源氏物語』の話をすると五条の姫のことも思い出しましょう。せっかく仏道修行に邁(まい)進(しん)せんとしているのに、またぞろ恋心を呼び覚ましてもいけない。遠くからご精進をお祈り申し上げます」

と義盛が笑いながら長刀を持っていない手で片手合掌する。

「姫さまといい、義盛どのといい、本当に変わった方としか言えませんね――」

奉親が微笑んだ。珍しく外面でも皮肉でもない笑みだった。

薄紅はその奉親の姿を見ない振りをして、明るい声を出した。

「義盛。『千字堂』に戻りましょう。阿波のおもとが粥(かゆ)を作って待っててくれてるはずだから。奉親、このあと陰陽寮(おんみょうりょう)でお役目なのでしょうから、あなたも食べていかれてはいかがでしょうか」

東の空から仏像の後光のように四方八方に太陽が光を放ち出す。朝露はじきに消えるだろう。ごうごうと流れる鴨川の音が、変にもの悲しい。「千字堂」までの道のりで少し眠ろうと、薄紅は目を閉じた。

第四章 六条御息所の髪

円弼の件を解決した薄紅たちが「千字堂」に戻る頃には、すっかり夜も明けていた。さっぱりと晴れた清々しい朝だ。徹夜になってしまった。後宮の勤めで徹夜もあるため、薄紅も慣れていないわけではない。ただ、徹夜明けのほてりや顔の脂汗は好きではなかった。十七、八の頃と比べれば、どっと疲れを感じるし。

「姫さま、姫さま。お疲れだったでしょう」

と阿波のおもとが実の娘のように世話を焼いてくれるのが、少しこそばゆい。水に濡らしてよく絞った布で顔や手足をきれいにして玄関を上がると、どっと疲れが出た。

「おもと。奉親にも粥を」

「はいはい。そうおっしゃると思って、多めに作っておきましたよ」

阿波のおもとが目尻にしわを作って笑いながらそう言うと、奉親が人好きのする笑顔で如才なく礼を伝えていた。外面は一級品よね、と薄紅は感心する。

「よいものでしょう」

と、玄関で手足と顔を水桶で豪快に洗った義盛が笑いかけた。

「ええ、まことに」奉親も水桶で顔を洗う。

義盛が髭についた水滴を布でごしごし拭き取っていた。

「奉親どの。私はね、物語が好きだからといえば、それはそうなのですが、それだけで姫さまの従者になったわけではないのです。畏れ多くも姫さまからは、同志として友のように振る舞えばよいとおっしゃっていただいたこともありますが……。同じ物語読みや同じ歌集読みというだけなら宮中にも役所にもたくさんいらっしゃいます。けれども、この『千字堂』にしかないものがあるのですよ」

「それは何ですか」と奉親が問う。

義盛は阿波のおもとが用意してくれた柄杓で水を飲んだ。

「ああ、うまい。——それは『縁』ですよ」

「縁？」

「物語を読む。それにある想いを抱く。それを誰かと共にしたいと思う。同じ意見のときもあれば、違う意見のときもある。それすらも楽しんでしまえる関係。こういうのはありきたりの関係ではできない。縁があるからできること。縁があるから、徹夜して帰ってきたら水桶で手足を洗いたい気持ちも分かっている。縁があるから、何も言わなくても奉親どのの分の粥も用意されている」

「温かな繋がりですね」

奉親の声がどこかほろ苦い。

「はっはっは。家族以上の縁だってときにはありますよ。……だから、奉親どのも気になっていることは姫さまに話してしまえばいいのです」

「え？」

奉親の頬が固くなった。

「私は武士ですから、陰陽師については分かりません。姫さまは、例のらっきょう陰陽師どのたちからの反故で多少は陰陽道についても学んでいますが、私はそこまで読み取れません。しかし、奉親どのがお役目だけでなくいろいろ尽力されているのは気づいています」

「……ああ」

最前のことである。義盛が〝忍円〟の正体に言及するのかと身構えたが、少し違っていた。一見、盗賊とも見紛う義盛だが、その本質は最高文学たる『源氏物語』を読みこなす文化人であり、心やさしい男だ。「千字堂」の中では常識人で、薄紅の奇行を諌めては止まってもらえずに嘆くような印象がある。けれど、主人として、同志として、薄紅を深く信頼しているのだ。

「姫さまは稀代の源氏狂いではありますが、あれでなかなかしっかりしています。頼ってよいのですよ」

そのやさしさが自分に向けられていることに気づいて、奉親はこそばゆくも感じた。そして思う。この気のいい男の気遣いに――己は値するのか。

「そうなのですね」

奉親の表情が複雑なのを見て、義盛が呵々と笑った。

「はっはっは。案ずるより産むが易し。姫さまに何もかも話しておしまいなさい。姫さまだってバカではない。自分にできないことはちゃんとできないと断りますよ」

「はあ……」

「他の陰陽師や密教僧などは〝そこまで姫さまにやらせるのか〟というくらい図々しいですから。奉親どのは気を使いすぎな方ですぞ」

「…………」

手足を洗った残り水が揺れているのを見ながら、奉親は黙っておくことにした。

朝日の中、雀がせわしなく鳴いていた。

いつもの局に上がったとき、薄紅がさすがに眠たげな顔をして脇息にもたれていた。

「やっぱりさんじゅ……ではなかった、あー、女の身に徹夜はつらいかもしれません」

「本当にありがとうございました」

奉親が丁寧に頭を下げる。

しばらくして、粥が来た。

「阿波のおもとの作る小豆粥は都で一番おいしい小豆粥なのよ」

と、薄紅が太鼓判を押す。

「それはそれは」奉親が粥を受け取る。

「あらいやだ、姫さまったら。褒めても何も出ませんよ」

「本当のことだもの」

とろりとした粥の中に、小豆が混じっている。丁寧に仕上げた粥は、全体が薄い小豆色をしていた。菜を細かく刻んで最後に入れているので、鮮やかな緑が混じっていて目にも美しい。

米と小豆と菜。それぞれ別々の旨みと甘みが溶け合っている。一口啜れば、菜の香りの向こうに小豆のほくほくした食感と米のやさしさが口の中に沁みた。飲み込んでいく喉にお腹に温かさが広がり、徹夜の疲れを薄紙を剝ぐように取っていく。

奉親までも「あ、これは素晴らしい」と言ったきり、静かに匙を動かし続けていた。

互いに笑顔で頷き合う。薄紅がまだ半分くらいしか食べていないのに、義盛は一椀の粥をぺろりと食べていた。

阿波のおもとが手を出す。「おかわり、注ぎましょうね」

途端に義盛が真っ赤になった。

「かたじけない。あまりにも、粥がうまかったもので……」

「あらうれしい。おかわりしてくださいな」

二杯目の粥を受け取った義盛が、再び匙を動かす。

ほどなくして、みなが粥を腹にすっかり収めた。

「ああ、お腹が膨れたら眠くなってきた……。今日、出仕のないお休みの日だからこのまま寝てしまおうかしら」

薄紅が情けない声を出す。几帳(きちょう)を挟んで座っていた奉親が礼儀正しく両手をついた。

「ごちそうさまでした。かように美味な食事は久方ぶりでした。阿波のおもとどのが手間暇かけられたのが目に浮かぶようでした」

「あらあら、まあまあ。この『千字堂』でこんなに礼儀正しい方は珍しいこと。ふふふ。お粗末さまでした」と阿波のおもとが機嫌よく礼をして、器を下げる。

阿波のおもとがいなくなると奉親は改めて薄紅に声をかけた。

「先ほどは、かの僧を救っていただき、ありがとうございました」

「そんな大仰なことはしておりませんわ」

「それと、先日来、姫さまにお話しせずにいた、なぜ薄紅の姫さまのお知恵を試すようなことをしたか、その答えを申し上げます」

食後の満ち足りた気分と徹夜明けの頭の中に薄霧のかかっていたのが、一気に覚醒(かくせい)する。

「伺いましょう」

薄紅が背筋を伸ばすと、奉親も同じように威儀を正した。

「ご存じの通り、私は陰陽師であり、安倍晴明の血筋に生まれました。陰陽師とは陰陽道、天文道、暦道の三つを修めたる者たち。陰陽道はすべての基本ですが、残り二道について、祖父・晴明が天文道、その師である賀茂光栄さまが暦道と分け合って今日に至っています。そのため、我が安倍家は天文道を守り、星々の心を読み、その助力を仰ぐために研鑽を積んでまいりました」

「聞いたことがあるわ」

「ところがあるとき、私が星の巡りを読んでいると、ある凶兆を捉えたのです」

「凶兆、ということは何か変事が起きるのですね」

どんな内容だったかと薄紅が先を促すと、奉親が苦しげな表情で打ち明ける。

「鬼です」

「鬼——」薄紅は思わず義盛と顔を見合わせた。もう一度奉親に顔を戻すと、両手の人差し指を頭の上に伸ばした。「鬼？」

「はい。鬼です。しかも——後宮に関係があると」

薄紅が口を丸く開けている。

「後宮に、鬼——」

不出来な人形のように、をかしな表情のまま、薄紅が繰り返した。額ににじんだ脂汗を小さく拭った。

　対する奉親の方は極めて真剣だ。奉親は涼やかな顔で続けた。

「この鬼、私の星読みにしか出てこなかったのです」

「どういう意味でしょうか」

「鬼となれば人死が出ること必至。鬼との戦いとなれば、陰陽寮の総力を挙げて立ち向かわなければいけません。祖父・安倍晴明やその師であられた賀茂光栄さまであればたった一人で調伏できたでしょうが」

「そのお二人なら鬼の調伏の話が残っていらっしゃいますね。読んだことがございます」

「しかし、いまの陰陽寮に私を含め、それほどの卓越した陰陽師は残念ながら――」

「悟りとか法力とかは、血筋だけではどうしようもないと聞いたことはありますが」

　ええ、と重々しく奉親が頷いた。素晴らしい力ある陰陽師だった祖父の血を引いていながら、自分は遥かにその境地に届かない。勝手な想像だが、奉親の、人を食った物言いや人柄にはそんな遠因もあるのではないか。複雑な胸中は、菅原道真の血筋でありながらまではただの中流貴族である薄紅にも少し分かる気がした。

「鬼となれば大事。若輩者の陰陽師である私の星読みだけで断定はできません。そのため、兄・安倍時親はじめ、数人の陰陽師が星を読み、暦を探ったのですが……」

「〝鬼〟の兆候が見えなかった……？」

「――はい」

「でも、奉親は鬼の兆しを見つけたのよね？」

と、薄紅がまた頭の上に指で角を作る。

「そうです」

すると次の瞬間、薄紅が急に立ち上がる。

「義盛っ」

「はい――？」

「鬼よ。鬼だそうですよ。物語でしか読んだことのない〝鬼〟が見られるのですよっ」

歓喜の声を上げながら、薄紅はその場でくるくると踊り始めた。扇を広げ、笑顔で舞う様は心から楽しそうだ。物語でしか読んでいなかった後宮に足を踏み入れたときの喜びに近い。鬼ってやっぱり大きいのかしら。顔や身体は赤いのかしら――。

「あの、姫さま――」と義盛が呼びかけるが、薄紅の耳には届かない。

薄紅はあることに気づいて舞の途中の姿勢で止まった。

「あ、でも、私、法力などないから、鬼と対決したらまずいのかしら。うーん、せっかく鬼を見られても、死んでしまうのは避けたいわね」

「薄紅の姫」

奉親がひんやりした声で水を差した。薄紅が首を向ける。

「……こほん。何かしら？」

「恐れながら、鬼と申しましても、もともとは人間なのです」

「え」

「怨念（おんねん）や強烈な執着に凝り固まった人間の魂のなれの果てを鬼と申しております。それに、今回はまだ鬼になりきっていない。だから兄たちの占いでは兆しが見えなかったのかもしれない」

薄紅がその場に座り込んだ。

「存外つまらないお話ですこと」

「人の話は最後まで聞くならいを身につけられるべきでは」

薄紅が夢を壊されたような顔で扇を閉じた。義盛も額を押さえて「姫さま……」とため息をついている。

「そんな〝鬼〟なら、普通にいそうなものですが」

たとえば、上役の源典侍（げんのないしのすけ）とか、源典侍とか、源典侍とか。

「いえ、表面上は普通に振るまっていても心の中は地獄。だからこそ分かりにくいのです。生霊などは飛んでいるとは思いますが」

「本当？」となぜか薄紅が元気になった。「では、『源氏物語』の六条御息所（ろくじょうのみやすどころ）みたいなものかしら。それはそれで……いいわね」

薄紅の口元が緩む。義盛が「姫さま」と小さく諫めるが、聞こえていなかった。

「怪しう、我にもあらぬ御心地をおぼし続くるに、御衣などもただ芥子の香に染み返りたり。怪しさに、御ゆする参り、御衣着替へなどし給ひて、試み給へど——」

と、薄紅が口ずさんだのは、『源氏物語』「葵」の帖の一節だ。内容は、光源氏の年上の愛人・六条御息所が、《不思議に、自分が自分でないようなご気分を思い続けておられると、お召し物なども、すっかり芥子の香が染み着いているその奇妙さに、髪をお洗いになったり、お着替えになったりなどされて、お試しになるが》、やがて自らが、光源氏の正妻・葵の上を苦しめていた生霊だったのだと悟る辺りだった。

薄紅の様子を、奉親と義盛がやれやれという調子で見ている。

「不謹慎といえば不謹慎なのですが」

「薄紅の姫さまですからなぁ」

ふと我に返った薄紅が何事もなかったように居住まいを正す。

「こほん」と咳払い一つ。薄紅は衵扇で軽く口元を隠した。「奉親どのが私をあれこれ試していた理由はこのことだったのですね？」

「後宮となると私が入るわけにはいきません。ものの道理をわきまえ、機転が利き、頼りになる方を探していました」

「なるほど。それでいいかがですか？　私は頼りになりそうかしら？」

薄紅が扇を閉じて尋ねる。奉親がにやりと笑った。

「もちろんです。ぜひともお力をお貸しください。鬼の兆しがある場所は娍子中宮のところなのです――」

「ちょっと待って」

奉親の言葉にやや被り気味で薄紅が手を突き出した。

「薄紅の姫さまが後宮でどなたにお仕えしているか分からないので、ひょっとしたら無茶なお願いなのかもしれ――」

「ちょっとお待ちを」

薄紅は考える振りをする。考える振りをしながら、ちらりと奉親の目を見た。真剣な若い男の目だ。……私が中宮娍子さまの女房の一人だと、ばれてないだろうか？　後宮では衵扇で顔をまったく見せていないから大丈夫だと思うけれど。いやいや、それよりも中宮さまが狙われているのに、そんなことを考えている場合ではない。

「どうか、されましたか」と奉親が片眉を上げた。

ちらりと目線をずらせば、義盛が「姫さまならできます」みたいな顔をしている。応援ありがとう。けど、今欲しいのはそっちではない。いや、しかし――。

「分かりました」薄紅は腹をくくった。「薄紅の名にかけて、中宮さまを鬼から守るお手伝いをします」

決意を込めて奉親を見返す。やぶれかぶれだわ。正体を隠しきる度量がなくて「千字堂」の主をやってられるか。

「ありがとうございます」と奉親が頭を下げる。

「お礼なんて結構です。気を引き締めて参りませんと」

「……姫さま？」さすがに義盛が心配そうな顔をした。

「それにしても……後宮で私の正体がばれないようなやり方はないものかしら？」

薄紅は声が小さくなった。やはり本音が出てしまった。

「私も私なりに考えました。鬼の兆しが私以外の占には出ていないから陰陽寮の支援ももらえない。さりとて、薄紅の姫さまのご負担は減らしたい」

「ありがとう」薄紅が拝むようにした。

「『千字堂』がなくなったら困る人がたくさん出るでしょうから」

「……らっきょう陰陽師とか？」

をかしの人だが面倒くさいのであまり望ましくないのだが。

「まあ、らっきょうもそうでしょうが」奉親がわざとらしく首をかしげる。「私だって困りますので」

薄紅は頬を引きつらせた。

「ああ、おちょくったり、面倒事を押しつける相手がいなくなって……ということですわね」

「何か」

「いいえ別に」

「とにかく、そういう事情が重なっています。となれば、鬼になる前にその人物を止めるしかありません」

「なるほど」薄紅は少し余裕が出て、脇息に身体を預けた。「その言い方、すでに〝鬼〟の目星はついているのですね」

「はい。──その相手は藤原恒成という人物です」

「藤原恒成……昇殿を許されている方、だったかしら」

「ええ。たぶんその程度にしか後宮では知られていないと思います。四十の賀を迎える前の年齢で昇殿を許されています。ただ、これと言った功績はない。藤原頼通どのの遠縁で、それほど目立つ人物ではありません。その分というか、温厚で人柄の好い方なのですが……」

「色恋沙汰に頭の良し悪しも人柄の問題も関係ございませんからね……」

薄紅がため息混じりに言う。奉親も頷いた。つい先ほど、その例を見てきたばかりだ。

「これまで浮いた話もなく、妻との間には子も数人。その妻も、貴族のならいとして後宮勤めをしているとか」

「申し訳ありません。若輩者の陰陽師でそこまで伝手がありませんでした」

「そうですか。その恒成どのは昇殿する折に、どこかで中宮さまのお召し物を拝する機会があったのでしょう」

「たしかに、弘徽殿の辺りは内裏に来た貴族の方々とすれ違う場所がありますからね。それが恋に発展するのも珍しくはない」

「はい。しかし、相手が中宮さまというのは――」

道から外れている。

「しかも恒成どのの一方的な想いで、中宮さまにそのようなお気持ちは微塵もない」

「奉親。その藤原恒成どのを〝止める〟って、どうやるつもりなのですか？　物ですか？　お金ですか？　それとも地位でしょうか？」

そんなもので恋の想いが消えるわけがない。だからこそ、人は恋の炎で〝鬼〟になる。

そんな人物は『源氏物語』に山のようにいる。

「姫さまのおっしゃるとおりです。でも、姫さまなら、いえ、姫さまだからこそ、恒成を止められると期待しているのです」

「え……」

思いがけない期待を押しつけられて、少し薄紅の頬が引きつった。重大事だとは分かっんのよ。

ているけれど、その無策っぷりはどうなのか。お分かりの通り、私は万能ではございませんのよ。

しかし、続く言葉に薄紅のためらいは雲散霧消する。

「薄紅の姫は、現実の男どもに恋をする以上に『源氏物語』の光源氏や頭の中将に恋をされているではないですか」

「やめてください。改めて面と向かって言われると、自分の頭の悪さを突きつけられる感じでいたたまれなくなってしまいます」

「いえ、いまはその〝頭の悪さ〟がいいのです」

「傷口に塩を塗り込まないでくださいませ……」

さらに続けて義盛が熱っぽく言う。

「物語の力ですな、姫さま」

「はあ」

「ええ、そうですね。姫さまを見ていて私は思い至ったのです。物語には人の熱い想いを受け止め、吸収する力があると」と奉親。

「なるほど」それなら分かる。けれども、途中で自分の趣味について、ぶすぶす刺さなくてもよかったのではないだろうか……。

義盛が髭をしごきながら考え込む。

「そうであれば、どのような物語がおあつらえ向きでしょうかな」

薄紅も腕を組んだ。

「そこは考えないといけませんでしょうね。私、基本的に『源氏物語』は人生の縮図だと思ってるけど、今回の恒成どのには勧められないと思います」

何しろ、『源氏物語』では光源氏が藤壺(ふじつぼ)の女御(にょうご)と不義密通してしまうのだ。中宮への道ならぬ恋をあきらめさせるどころか、背中を押してしまいかねない。

「私の知っている物語の範囲では、今回の恒成に合う話は見つけられません」

「それでは、どうなさいますか」

薄紅がますます考えこんだ。その様子を奉親が覗(のぞ)き込むようにしている。

「書くしかないですよ。新しい物語を」

「うーん……」薄紅が唸(うな)った。

「私が先日持ってきた紙はまだ残っていますか。そこに姫さまが物語を書いてください。中宮などという、とんでもないお方への邪恋を諦(あきら)めたくなるような物語を」

薄紅が苦い水でも飲んでしまったような表情をしている。腕は組んだままだ。

「何となく、そんなふうに言われそうな気がしておりましたの」

奉親の顔が輝く。「では、話が早い。早速――」

「待って」と薄紅が慌てて手を突き出した。「私、そんなもの書いたことございません」

「え？　でも、いろいろご趣味で書かれているのですよね？　だったら大丈夫でしょう」

と奉親が簡単に言うのが薄紅にはちょっと忌々しい。

「いままで書いてきたのは、その、『源氏物語』とか、いろいろな物語の各場面を都合よく改変したようなものだけなのよ？」

叫ぶ薄紅の声に悲痛な色がにじむ。自分で言っていて心が痛い。第一さっきも言ったように、『源氏物語』には邪恋を戒めようという殊勝な心になる場面は、ほぼない。

「『源氏物語』で〝使えそうな〟場面……。強いて言えば、東宮の女御に入内予定だった朧月夜に手を出した光源氏が須磨に流される場面でしょうか」

と義盛が髭を撫でながら考えていた。

「あとは、光源氏が正妻として迎えた女三の宮が柏木という男と密通して子が生まれる場面くらいかしら。でも、それらの場面が効果を上げるためには、そこまでの光源氏の奔放さや恋の歴史を経ていないと……」

「光源氏も藤壺の女御も、お互いの許されぬ恋を嘆きこそすれ、結局二人で秘密を抱えていますしねえ」

「その子が帝になってしまうし……。かえって逆効果になるかもしれませんわ」

薄紅がまたため息をつく。奉親がだんだん不安そうになっていった。その奉親の横で義盛が頭をばりばりかく。

「やはり、『源氏物語』にはそのような場面は書かれていないのでしょう。書かれていないからこそ、逆に全体を読んだときに読み手に伝わるというか――」

「義盛」薄紅が強く言った。「いま、何て言ったの?」

「そんな、邪恋を戒めるような場面は書かれていない、と」

「それから?」

「『書かれていないからこそ、逆に全体を読んだときに読み手に伝わる』……」

「いいことを言ってくれたわ」

薄紅は大きな声で義盛をほめると、一枚の紙を広げた。桐壺、帚木、空蟬、夕顔、若紫
……と書かれている。

「姫さま、これは――?」

奉親が質問すると、薄紅が少し傷ついたような顔になった。

「『源氏物語』の各帖の名前です。あの、まだご存じなかった?」

「……何というか、申し訳ありません」

薄紅が咳払いをして気を取り直す。

「こほん。それで、この中に一つだけ、名前しかない帖があるのです」

そう言って薄紅は指さした。奉親が覗き込む。

「『雲隠』ですか」

「そう。この『雲隠』は帖の名前だけあるのに、内容は一文字もない。けれども、前後の帖から何が書かれるべきだったのかは分かっております」

「ほう」

「直前の『幻』の帖で、紫の上を亡くし、自らの出家を控えた光源氏の心情が語られる。そのあと、『雲隠』を挟んで『匂兵部卿』は光源氏の子や孫が主人公になり、すでに光源氏が亡くなっていると書かれているのです」

「なるほど。つまり『雲隠』には、光源氏の出家と死が書かれているはずなのですね」

「当たりです」と薄紅が手を叩いた。「最愛の紫の上を失った光源氏が、現世のすべての虚しさにやっと気づき、出家し、この世を去る内容が書かれるはずだった帖が、この『雲隠』なのです」

「なるほどですね」

「何も語られていないがゆえに、もののあはれ、世の無常が雄弁に語られている。だから、ここまで『源氏物語』を読んできた人は、この物語が光源氏という男の栄華物語ではないと知る。諸行無常――もののあはれを物語にしたものだと悟り、残りの宇治十帖を読んでいくのよ」

「深いですね」

「深いですわ。――この観点からもう一度、『源氏物語』を読み返してみたら、いけるかもしれません。たとえば、須磨流れのあたりとか……」

薄紅が顎に手を当てて考え始めた。

「行けそうですか」

奉親が身を乗り出したが、薄紅はがっくりと頭を垂らす。

「ダメ。やっぱり書けない」

「今ので良さそうな感じだったではないですか」

そこではない……。薄紅がとてもとても苦い顔をしていた。

「書けないのです」

「書けますって」

「そうではなくて」薄紅は自分の顔が熱くなるのを感じる。「私、ろくな字が書けないのです」

後半、やぶれかぶれで大きな声になった。その大声の告白に奉親が唖然とする。義盛が不憫とばかりにうなだれていた。

「そうなのですか――?」

薄紅は立ち上がって奥から折った紙を二つ持ってくる。その両方を広げて奉親に見せた。

どうやら手紙らしい。その紙を見て奉親が首をひねっていた。

「……紫式部の字に似ていますね。先日の写本とそっくりです」

「奉親から見て右の紙は、正真正銘、紫式部さまの直筆のお手紙の一部よ。問題は左」

薄紅にそう言われて、奉親がまじまじと覗き込む。

「こちらも、紫式部の字に見えますが……」

「そうでしょうね。でも、左のは私の書いたものなのです」

「……!?」と奉親が絶句し、さらに疑問を呈する。「しかし、これなら少しも『ろくな字が書けない』などということはないのでは」

薄紅は、左の紙――自分が書いた紙の余白に「いろは」と書いてみせた。その字を見た奉親の頬が痙攣する。これは笑いを堪えている顔だ。

「何と申しましょうか、個性的で」

「いいのですよ、下手だとはっきり言ってくださって」

「若輩者の陰陽師なれば、曲げてご寛恕を」

慇懃に謝ってみせるが、肩が震えているのが分かった。

薄紅が〝きっ〟と睨んだ。

「私、紫式部さまが大好きなのです」

「はい」

「大好きすぎて、字も真似るようになったのです」

「はあ」

「そうしたら、自分の字の書き方を忘れてしまいまして」

「くっくく……っ」

「おかげで、自分なりの筆跡で字を書こうとすると、このような有り様なのでございます……ううっ」

「かような例もあるのですね……」

奉親の、珍獣を見つけたかのような呟きに、義盛が沈痛な面持ちで頷いてみせた。

涙がにじんできた。この時代、字のきれいさは美人の条件である。つまり、そういうことだった。

「ならば、紫式部に似せたその文字で書けばよろしいのでは」

「ものすごく時間がかかるの。普通に字を書くのと比べて三倍くらい」

「そうでしたか……」

後宮で人一倍まっとうに働いているのは、このためでもあった。どうしても文字をしたためなければならないときは誰かに助けてもらい、他のときに恩を返す。いざというときだけ、この〝遅筆偽式部〟の筆跡を使ってしのいできたのであった……。

「何かの拍子に他に知られたらどうなると思われますか。『紫式部の未発表原稿がある』などと、かなりの大騒ぎになるでしょう」

「たしかに……」思案顔になった奉親だったが、すぐに提案した。「ならば、私が清書します」

「え？」

「薄紅の姫さまは物語を書くことに専念してください。あとは私ががんばります」

「でも……」

「それでよしとしてください。後宮の危機はこうしている間にも進んでいるかもしれない。事は一刻を争うのです」

　奉親がまっすぐな目をして訴える。珍しく、含むものがない。

　薄紅は目を閉じて苦悶するように悩んでいたが、その訴えに意を決した。

「分かりました。それでは『源氏物語』にならいながら、恒成どのの邪恋を思いとどまらせる物語を書いてみましょう。薄紅の名にかけて」

　かくして、薄紅の〝修羅場〟が始まったのである。


　薄紅は物語をものすためにお籠もりをしていても、出仕はしなければいけない。

　昼間、後宮の勤めをこなしたあと、「千字堂」に戻って竹簡や紙を前に苦悶する。

　二日経ち、三日経った。

「千字堂」は薄紅の書庫のような場所だ。両親がいる邸は別にある。前々から「千字堂」

で夜を明かすことはあったが、これほどまとまった〝お籠もり〟は初めてだった。

親には、のっぴきならない事情とだけ伝えてある。

薄紅の文机の周りには短い文章を書き散らした紙がたくさんできた。しかし、目の前の竹簡はほとんど何も書かれていない。全体をまとめて一つの話にするところまで到達していないのだった。

「大丈夫ですか、姫さま」

文机の前に座ったきり、本気で頭を抱えている薄紅に、義盛が声をかけた。

「うん？　うん。大丈夫」

薄紅が頭を上げて微笑む。義盛が差し入れた水を一口啜ると、また頭を抱えた。筆をかんだまま唸っている。

「物語がうまく進まないのですか」

「進まない」

筆を口から離して一言言うと、ため息をついた。

「これまで姫さまは、『源氏物語』の内容を改編した物語をときどき書いていらっしゃいました。そのときには、筆跡を紫式部に似せるための時間こそかかりましたが、今回のように呻吟なさいませんでした」

薄紅は竹簡から顔を上げる。

「あれらは私やせいぜい義盛と阿波のおもとの楽しみのために書いたものだからそれでよかったのよ。でも、今回は違う。私たちが楽しめばいいのではない。それどころか、場合によっては後宮全体に関わる問題に対処しようとしているのだもの」

要するに、荷が重いのだ。初めて仲間内以外の目に触れる物語が、後宮を守れるかどうかの役割を背負わされて、すらすら書けるわけがない。

義盛は、薄紅が書き散らした紙をいくつか手に取った。

「私はそもそも姫さまのように書けないので、適当かもしれませんが……。それでよいのではありませんか」

「え？」

「下手に考えるより、自分自身が書きたいように書かれていいと思うのです。姫さまならこういうものに心を動かされる、そんな書き方で」

「それでは、まるきりいつもと同じ――」

「姫さまが心底、読みたいもの、書きたいものを、私も阿波のおもともいつも楽しんでいますよ」

義盛の言うとおりだった。「千字堂」で薄紅が書いたちょっとした物語を、義盛や阿波のおもとは楽しんでくれた。ときに笑い声を上げ、ときに涙を流しながら。書き手が〝姫さま〟だからではない。純粋に楽しかったから喜んでくれたのだ。

いだった。
ふと、読経の声が低く聞こえた。薄紅の鼻に何かの焼ける匂いがする。ちょっと甘い匂
「奉親もがんばってるみたいね」
「奉親どのが『千字堂』で鬼を調伏する儀式をしたいと言ってきたときには驚きましたが
……。たしかに、今回の一件はまだ陰陽寮が認定していない以上、奉親どのがこっそりど
こかで修法をするしかないですからな」
「でも、この声は奉親ではないわよね」
「何でも、そばの広隆寺の僧に頼んだとか。祭壇をそれぞれに築き、交代で修法を執り行
うようです」
「なるほど。それで、どこか甘いような芥子の匂いがしているのね。『源氏物語』の通りね。
……ところで、その僧というのはこの前の〝忍円〟?」
「違うようです」
そう、と薄紅は頷いた。あまりこの場所が有名になるのは好ましくない。薄紅のそんな
気持ちを奉親は分かってくれているらしい。
義盛といい、奉親といい、本当にいろいろな人に支えられている。もちろん、阿波のお
もとにも。泣き言なんて言ってられない――。
「よし。私もがんばりましょう」

伸びをした薄紅が筆を握った。

……だが、薄紅の筆は風が走るようには運ばない。がんばると宣言して形になるほど物語は甘くなかった。

それどころか、薄紅の懊悩は広がっていった。

物語の内容そのものに悩んでいることもあるが、それ以外のところで悩んでもいる。最初は、『源氏物語』にならって後宮での出来事を書こうと思ったのだ。しかし、それでは不具合が生じると分かった。

后の局の様子——間取りもしつらえも何もかもが分からないのだ。それは薄紅が進んで自ら細々とした仕事を大切にしてきたせいで、下臈女房と同じ場所ばかり中心に見ているためだった。物事、何が裏目に出るか分からない。后同士の会話も、后付の上臈女房たちの会話もさっぱりだ。薄紅に親しく言葉をかけてくれる上臈女房の中納言はいるが、中納言が中宮さまの前でどんな話をしているかは分からない。

考え出すと、何もかも分からなくなってくる。

とうとう薄紅は後宮を舞台にするのをあきらめた。

そうして、さらに日が過ぎていく——。

薄紅が筆を置いたとき、「千字堂」は静かだった。

日はまだ高い。今日は出仕が休みなので朝から書いていたのだ。

阿波のおもとも義盛も表に出ているらしい。鳥の鳴き声が遠くでかすかに聞こえた。

義盛も、広隆寺の僧も、いまはいないようだ。

薄紅は立ち上がると、すっかり縮こまってしまった足腰を伸ばした。心地よい痛みがして、思わず声が出る。

たったいま書き上げたばかりの竹簡を持つと、薄紅は奥の局へ移動した。

奉親たちが修法に使っている局の隣だ。

頭を下げて中に入る。

隣の局から修法に焚いた芥子の甘ったるい匂いがこちらまで流れていた。邪気祓いにはちょうどいいだろう。

この局は談笑などの私的空間としては使っていない。小さな釈迦如来像が安置してある。言ってみれば仏間だった。

薄紅は仏像の前に座り、竹簡を捧げ持つ。そのまま竹簡を仏壇に奉納すると、静かに合掌した。

奉親が戻ってきたのはそのすぐあとのことだった。

「薄紅の姫さま」と呼びかけてきた奉親の声が尻つぼみに小さくなる。薄紅が御仏にぬかずいているのを邪魔してはいけないと思ったのだろう。

薄紅は合掌を解いて後ろを振り返った。「大丈夫ですよ、奉親」

その場から静かに後ずさりしようとしていた奉親が、動きを止める。

「いえ、私の方こそ、申し訳ございません」

薄紅がぼんやりと微笑み、身体を少しずらした。

「恒成どののための物語、書き上げました」

奉親の視線が薄紅から奥の仏壇に伸びる。竹簡を見た奉親が笑顔になった。

「書けたのですね。よかった。……いや、まずはお疲れさまでした」

「ありがとう」

奉親が仏像に拝礼して局に入り、薄紅にことわって竹簡に触れる。不思議そうな、それでいて感じ入ったような表情だった。

「なるほど……。私、物語ができるところを初めて見ました」

薄紅が微笑み、小さな仏像を見上げた。

「いま私は御仏にお礼を申し上げていたのです」

「お礼、ですか」

「ええ。書き上がったこの物語を、まず御仏に捧げてお読みいただいて——」

「なるほどですね」

ふと、薄紅が遠い日を懐かしむような目になる。

「私、子供の頃に地方にいたのですけれど、自分の身体と同じ大きさの薬師如来像を作ったことがございました」

「特別に願をかけるときのやり方ですね。どんな願いを込めたのですか」

「『京に上らせてくださり、たくさんの物語を読ませてください。世の中にある限りぜんぶを』」

奉親が声を上げて笑った。

「ははは。あなたらしい」

「ふふ。そうですね。当時は真剣でしたけど、いま思うと自分でもおかしくなってしまいます。何しろ、物語が書かれるのが、こんなに大変なことだなんて知らなかったから」

「傍から見ていても大変そうでした」

「ごめんなさいね。いろいろ見苦しかったかもしれません。いつも書き殴っているものと勝手が違うから、とても苦しかった」

と言う割に、薄紅はさっぱりとした顔つきだった。

「そうでしたか」

「苦しくて苦しくて――気がついたら御仏に手を合わせていたのです。〝どうか、私に素晴らしい物語を書かせてください。御仏の心にかなった、美しくて心を揺さぶり、後宮を護れる物語を教えてください〟とひたすら祈っていたのよ。ふふ。〝物語を読みたい〟と祈っていた私が、今度は〝物語を書かせてください〟と祈っているのだから、わがままですよね」

薄紅はそうやって物語を綴っていった。一行一行。一文字一文字。御仏の加護と慈悲を祈りながら——。

奉親は竹簡に書かれた文字を追う。薄紅が自分で言ったとおり、たしかに字は美しくない。だが——。

「簡潔な筋ですが分かりやすくて、何より心を打ちます」

「そう言ってもらえるとうれしく感じます。分かりやすく単純な物語になるように心がけたから。——それで、よろしいでしょうか」

「ええ。次は私の出番です。精魂込めて清書しましょう」

「よろしくお願いします。——ああ、大変だった」

「しばらくゆっくり休まれてください」

薄紅は晴れがましい顔になった。

「大変だったけれど——いつまでも書いていたいような、とても楽しいひとときでした。今ならきっと〝すべての物語を読む以上に、たくさんの物語を書かせてください〟と願をかけるかもしれない」

――さほど遠くない昔のこと。

妻のある男が、別の若い女に心惹かれた。

あるとき、男はちょっとした不注意から妻に別の女のことがばれてしまった。男は世間体も悪くなり、都を追われる。そのような色恋沙汰の不始末をするような人間には見えない、真面目そうな男だったのだ。

ところが、男はこの期に及んでも、妻か女かを悩んでいた。

長年連れ添い、気心の知れた妻とは離れがたい。

若く弾けるような肉体を持った女も捨てがたい。

煩悩の闇に囚われた男は思い切れずに悶々と苦しみ、とうとう妻と女の両方を伴って都を出る道を選んだ。

妻は男を愛していたが、さすがに都を捨てる原因となった女と一緒に行くことには耐えられず、納得できなかった。そのため、妻は独りで都に残ることを選んだ。

都に残った妻は恨みの日々を送った。男を恨み、若い女を恨み、自分をこんな目に遭わせた神仏を恨んでいた。その恨みの念で若い女は客死する。

女の死は都にいた妻の耳にも入ったが、当然の報いだと手を叩き、恨みの念は収まらない。その妻の恨みの念は男の人生を食らい、男は坂道を転げ落ちるように不運が続く。火事で家を失い、残っていた財も盗人にすべて奪われた。とうとう男は病気になり、息をするのもやっとの有り様になってしまう。

そんなとき、男は粗末な袈裟衣を纏った僧に出会う。

僧は男のこれまでの出来事を黙って聞いたあと、男に諄々と法を説いてきかせた。僧の説く御仏の教えのありがたさに、男は人生を悔いて涙し、出家する――。


……これが薄紅が書いた物語のあらましだった。

奉親はこの物語を自らが持ってきた紙に清書する。薄紅が書いた物語はよくできていたが、さらにそれに力を添える形で、書き写す紙自体に念を込めた。

書き写した物語は写本の形に調える。

翌日、奉親は藤原恒成の邸を訪れると「珍しい物語が手に入りました」と、恒成に話を持ちかけた。

奉親の話に恒成は目を細めて歓待した。四十半ば過ぎの、一見すると温厚な貴族だ。身につけている物も質素で、奢ったところもない。とても、畏れ多くも中宮への邪恋を心に秘めているとは思えなかった。

「ほう。それはそれは。私の妻が中宮さまに物語の読み聞かせもしたりしていてな。をかしの物語であれば妻にも紹介したい」

「ええ。どうぞ」

奉親がじっと恒成の目を見つめて写本を差し出す。心の中で祖父・安倍晴明と賀茂光栄の名を呼び、加護を求めた。若輩者の陰陽師なれど、薄紅が心血注いで作った物語の力を無駄にするわけにはいかない――。

奉親が固唾を呑んで見守る中、恒成が表紙をめくった。

にこにこと文字を追っていた恒成の表情が、徐々に沈んでいく。まず笑みが消え、次いで眉間にしわが寄った。口がへの字になる……。

薄紅の筆致は素晴らしかった。読んでいると、読み手が自分のこととして読み始めてしまうようにうまく〝乗せられる〟のだ。さすが『源氏物語』はじめ、すべての物語を読みたいと願をかけただけあり、形としてもこなれていた。

読み進める恒成の呼吸が荒くなっていく。

薄紅も、父が受領だったため地方へ行っていたと言っていた。そのおかげで、物語の中の地方のさびしさは肌を切るように生々しい。男を襲うさまざまな不幸の描写もきわどかった。

それゆえに――僧の説く仏法の真理が燦然と輝いている。

恒成が身体をがくがくと震わせて読み耽っていた。

「これは――」

奉親は恒成のかすかな動きも見逃すまいと見守っている。

「いかがですか」

最後まで読んだ頃を見計らって声をかけたのだが、恒成がそれを制した。

恒成の顔がどす黒い。

奉親の胸が激しく音を立てていた。薄紅の物語が恒成に何かを激しく突きつけているのは見て取れる。

しかし、その結果がどうなるか分からなかった。

をかしですませるか、あはれと言うか、はたまた何かが逆鱗に触れて怒り出すか、それとも……。

恒成は前に戻って読み返し、読み進めてはまた戻る――。

どれほどそうしていただろう。恒成は写本を閉じ、両手を組んで目を閉じた。

じれた奉親が口を開く直前、恒成が目を開いた。


「薄紅の姫さま」

奉親の声が「千字堂」に響いた。

「これ、奉親どの。合い言葉を」

「毎回同じこと言っているのですからいいでしょう？　すでに私を〝奉親〟と分かっているのだし」

止める義盛を振り切って奉親がやってくる。物語を書いて一日経ったものの、いまだ脱魂状態の薄紅がぼんやりと迎えた。

「ごきげんよう、奉親。元気でいらっしゃいますね」

薄紅が片手を上げて微笑んだのだが、奉親はそれに答えずずんずん近づいてきた。この若者にしては珍しく興奮しているらしい。顔が上気していた。

いつもより薄紅の近くで腰を下ろすと、とうとう大笑いした。

「ははは。やりましたよ、姫さま」

「はい？」

「恒成が自らの邪心を認め、改める決意をしました。薄紅の姫さまの物語の勝ちです」

奉親の言葉を薄紅は静かな面持ちで聞いていた。薄紅が何も答えられないでいると、後から追ってきた義盛が代わりに尋ねた。

「ほ、本当ですか、奉親どの」

「ええ」と奉親が満面の笑みで答える。「読み終えた恒成は静かに涙を流し、自らの心の奥の闇を吐露し、反省したのです。大丈夫。彼はもう〝鬼〟にはなりません」

薄紅の瞳（ひとみ）が揺らぎ、唇が震えた。

「私の、物語が――」

「そうですよ。姫さまの物語が、人の心を変えたんです。鬼の心を打ち破ったんですよ」

薄紅の目から透明な雫（しずく）が流れ落ちる。少し遅れて、笑い声がこみ上げてきた。いままで自分でも聞いたことがない、喜ばしくて誇らしい笑い声だった。

「はは、ははは。私の物語が。鬼の心を打ち破ったのですか」薄紅は目尻（めじり）を拭（ぬぐ）うと両手を合わせた。「御仏（みほとけ）の慈悲に心より感謝申し上げます」

「姫さま、そこはもっと威張っていいのではありませんか」と義盛が髭（ひげ）を揺らすが、薄紅は首を横に振った。

「私はただの『源氏物語』好きの女にすぎません。人の心を変えるなんて大それたこと、ましてや鬼に打ち勝つなんてできっこありません。できたとしたらそれは、神仏がご加護をくださったから」

「とにもかくにもすごいことですよ。しかも恒成は物語の楽しさに目覚めてしまったみたいで。また物語をたくさん紹介してくれと頼まれました」

「そこはちゃんと『源氏物語』を勧めてくださいませ」

いつものように薄紅が言う。「千字堂」に楽しげな笑いが満ちた。

物語の力が鬼になろうとしていた人間の妄念を打ち破る。紙に込められた呪（しゅ）の力や陰陽師と密教僧のそれぞれが鬼を調伏する修法を行っていた事実もある。しかし、それにしてもあまりにも破格の出来事だった。破格の出来事だったゆえに――このあとのことをまだ誰一人予想することができなかった。


後宮で務めにいそしむ薄紅は、気がつくと頬が緩んでいた。

「ふふふ……」

「――菅侍従、どうされました？」

「はぁ……」

「菅侍従？」

「え？　あ、はい」

同僚の右近が怪訝な顔で見ている。薄紅が慌てて返事をした。危うく自分が「菅侍従」であると忘れていた。

「何かあったのですか」

「ちょっと、少し、いろいろと」

「ふーん」と中宮の衣裳をたたむ手を止めて、右近が覗き込む。「男でもできました？」

「はっ!?」

薄紅は真顔になった。

「だって、いい人ができて腑抜けているように見えますよ」

「……それはマズいですわね」

薄紅は両手で自分の顔を挟むようにした。

「で、本当のところはどうなのですか？　しばらく前からほわほわしていましたけど、やはり男ですか？」

「まるで違います」

数日、夜遅くまで物語を書いていた高揚感、それが書き上がった解放感が昨日からずっと薄紅を支配していた。そのうえに、さらに奉親からの報告である。自分が書いた物語が間違いなく誰かの心に辿り着き、しかもよい影響を与えたとなれば、うれしくないわけがない。簡単に言って、舞い上がっていた。

けれども、それが外からは〝恋に浮かれている〟ように見えるらしい。ああ、でもそれに近いかもしれない。光源氏や頭の中将に憧れるように、いまこの瞬間は〝物語を書く〟ことにため息が出るほどの憧れを感じていた。できることなら、もっともっと書きたい。

そんなことを考えていると、また頬が緩む。今日は夕食の刻限が終わるまで出仕なのに。気を引き締めないと――。

そのとき、薄紅たちのいるところへ、中納言が顔を出した。

「あら、ごめんなさい。なれない弘徽殿で局を間違えてしまいました」

「あ、中納言さま」

尊敬する上臈女房の突然の来訪に、薄紅は浮かれていた気分が吹っ飛ぶ。

「楽しそうな声が聞こえたけど——？」

「も、申し訳ございませんでした」

別に怒られているわけではないのだが、謝ってしまった。そのことがをかしなのか、中納言がころころと笑う。

「うふふ。謝ることはありませんよ」

「はい。すみません」

また謝ってしまった。顔が焼き餅のように熱くなる。

「あらあら」と中納言が相変わらず笑っていた。

「中納言さまこそ、今日は一段とご機嫌がよろしいようです」

と右近が指摘すると、中納言はほっそりとした美しい手を美麗な頬に当てた。

「そうですか。そうかもしれませんね。昨日から急に夫がやさしくなって」

「それはそれは」と薄紅も我が事のように喜ぶ。

「何でも、自分の来し方行く末を考える物語を読んだとかで」

うん？　どこかで聞いた話のような……？

薄紅の心に妙な直感が走った。

「それは、ちなみにどのような内容のお話だったのでしょうか」

「菅侍従は物語が好きなのですか」

「はい。実は——」別邸を構えるほどには。

「けれども、夫は私にも教えてくれなかったわ。そんなによいお話なら中宮さまの読み聞かせに写そうと思ったのに。それよりも夫から『物語の楽しさに目覚めた。よい物語があったら教えてくれ』と言われる始末で」

「そ、そうでしたか」

奉親から今回の相手だった藤原恒成の妻が、后に読み聞かせをしたりしているという話をちらっと聞いた気がする。

間違いないだろう。

薄紅の頭から血の気が引いた。

恒成の妻は中納言だったのだ——。

薄紅が悪事をしているわけでもなく、むしろ〝悪事〟を止めた側のはずなのに、なぜか後ろめたい気持ちがする。ダメだ。中納言さまの笑顔がまともに見られない……。

「どうかしましたか、菅侍従？」

「いいえ!?　何もございません」

背中に冷たい汗が流れた。事情をまるで知らない中納言は、可憐な唇に指を当てて少し思案している。やがて、中納言は笑顔になって小さく手を叩いた。

「そろそろ中宮さまの御食事をお運びするのですけど、今日、一緒に運ぶ宰相の君が休んでしまっていて私一人で困っていたのです。二人にも中宮さまの局の前まで持っていくのを手伝ってもらいましょうか」

「ええっ」薄紅と右近が顔を見合わせた。「よろしいのですか」

中宮が口にするものを運ぶのは大役である。薄紅や右近くらいの女房ではさせてもらえない。もっと位が上だったり、長年勤めている女房の役目だった。

「先々の修行を兼ねて。もし、源典侍が何か言ってきたら、この中納言が許可したと言ってあげますから。ちょうど昨日から中宮さまが食欲が優れなくてご心配していたのです。運ぶ人間が変われば、ご気分も変わってくれるかもしれません」

右近が跳び上がらんばかりに喜んだ。「ありがとうございます」

薄紅もお礼を言うが、やはり先ほどの件があって何となく気まずい……。

このとき、もしこの場に奉親がいたらまったく違う展開となっただろう。この弘徽殿の近くには男の官人も出入りするが、そこに奉親はいなかった。

中納言の先導で、後宮の食事を司(つかさど)る膳司(かしわでのつかさ)へ行く。

美しい漆塗りの膳(ぜん)にいくつもの椀(わん)が載っていた。米をふくふくと蒸し上げた強飯(こわいい)が山盛りに盛られ、その周りの小皿に酢、塩、醤(ひしお)、飴(あめ)が置かれている。次の膳には羹(あつもの)として鴨(かも)の汁物があり、香ばしく焼き上げられた川魚などがあった。さらに別の膳には、粉に甘葛(あまずら)の汁を混ぜて作った唐菓子と、季節の木の実が木の葉の上に置かれていた。そこにかわいらしい小さな花々が添えられている。草苺(くさいちご)など、庶民が食べる木の実を中宮は好きなのだという。直接会うことさえなかった中宮が不意に身近に感じられた。

西日に照らされた膳は金色に輝くようにも見える。

その品数の多さ、盛り付けの繊細さ。こんなふうな食事を藤壺の女御たちも食べていたのかと想像し、薄紅は陶然となった。

膳司と中納言、薄紅たちの立ち会いの下、羹がよそわれ、蓋(ふた)をされる。

「きれいな木の実でございますこと。未熟なものは身体に毒といいますが、そのようなものはないようですね」

右近がうっとりと呟(つぶや)いた。

しかし、その他愛のない呟きに、中納言が火に触れたように厳しい顔を見せる。

「そのような〝毒〟などはございません」

「申し訳ございませんでした」

険しい顔はほんの一瞬のことで、すぐにいつもの穏やかな中納言が戻ってきた。

中納言は木の実と花の角度を確かめて頷く。

「さあ、中宮さまの局まで一緒に運んでください」

と中納言が強飯の載った膳に手を伸ばし、立ち上がった。

そのときだ。

薄紅の鼻に特徴ある匂いがした。

最初、薄紅は菓子と木の実の甘ったるい匂いかと思った。しかし、以前、中宮から拝領した菓子とも、これまで薄紅が食した木の実のいずれとも違う。もっと、独特の甘みのある匂いがしていた。

この匂い、どこかで——。

中納言の後ろを薄紅は膳を持って歩く。

どうやらその甘い匂いは前から来た。歩きながら下品にならないように気をつけ、薄紅が鼻を利かせると——匂いの出所は中納言の髪だった。

匂いの元が分かっても、なぜか薄紅の心の中で警戒する気持ちがむくむく湧いてきて鎮まらない。

一体何の匂いだろう——。

真剣に運ぶ振りをしながら、薄紅は頭の中の知識を総動員した。

すると、稲光のように薄紅の頭に閃くものがあった。『源氏物語』「葵」の帖にそれは出てくる。それは――いままさしく「千字堂」にも漂っている匂い。

「芥子の匂い……」

思わずつぶやくと、前を行く中納言が歩を止めた。

「何か――？」

軽く薄紅を振り返ったときに動いた頭から、さらに強く芥子の匂いがする。

「いえ、何も」

中納言が再び歩き出した。彼女についていきながらも、薄紅の心臓が暴れていた。頭の中には「葵、葵」と同じ言葉が何度も繰り返される。

『源氏物語』で生霊に苦しめられる葵の上を守るために、その邸で行われた修法に香として芥子が使われた。芥子は火にくべると独特の甘い匂いがする。その芥子の煙の匂いが、遠く離れた肉体の六条御息所の髪に付着していた。これが証拠となって、六条御息所が生霊となって葵の上を襲っていたのだと、六条御息所本人も読み手も知るのだ。

つい先日まで、中宮を〝鬼〟になろうとしている人物から守るために、奉親たちも同様の修法をしていたはず。だから、その修法で使った芥子の匂いが〝鬼〟からするのは『源氏物語』にあるとおりで理解できる。

しかし、その〝鬼〟は恒成さまだったはず。恒成さまの妻である中納言さまからこれほどの芥子の匂いがするなんて……。

まさか。

恒成さまが中宮さまへ邪恋を抱くことで生まれた〝鬼〟がもう一人いたの——？

薄紅は、麗しい中納言の後ろ姿を見ながらその考えを否定しようとした。しかし、髪から漂う芥子の匂いがそれを許さない。

浮気された恨みの心で浮気相手を殺し、浮気した夫を次々と不幸に陥れる妻の存在を薄紅自身が書いたばかりだ。物語に登場させた妻の心は〝鬼〟そのものではないか。

それに先ほど、右近が発した「毒」という言葉に過敏に反応した中納言の様子……。

薄紅の想いはまたしても「千字堂」へ飛んだ。その無数の物語と紙束とを、心の中ですべてめくっていく。

まるで走馬灯のように頭の中を物語の一幕が駆け巡る。

しかし、それだけでは見つからない。

もっと連想を広げないと。

一冊一冊の書物の手触り。匂い。表紙。写本——。

写本と言えば、奉親の持ってきた『桐壺』。

あの『桐壺』を巡る出来事。

頼通の邸へ奉親と赴いた牛車(ぎっしゃ)での会話……。

そこで毒の話をした覚えがある。あのとき、どんな毒について話したか——。

「まさか……」

薄紅は目の前の膳のある器を凝視した。

「何か？」

再び中納言が夢見るような笑顔で振り返った。その顔を見て、薄紅は怖気が走った。うっとり微笑む中納言の瞳が、底なしの闇だったからだ。

「いいえ。何でもございません」

素知らぬ顔をしながら、薄紅の頭の中は大忙しに回転していた。

もし自分が中納言だったら、どんな毒を用意するかと考える。

膳司ではない中納言が料理そのものに手を入れることはできない。中納言がいじったのは菓子と木の実だけだ。

思い出せ。記憶の中に糸口を見出すのだ。毒、毒、毒……。

自分に言い聞かせた薄紅は、はっと閃いた。運んでいる膳をもう一度確認し、自らの感じていた違和感の正体に気づく。

盛り付けられている木の実だ。

赤く熟した草苺、桜桃の中に、薄赤色の実があった。

一見すると未熟な桜桃にも見えるが、先日、奉親と共に現物を見たではないか。あれは桜桃ではなく、猛毒の毒空木(どくうつぎ)の実――。

膳司から膳を運ぶときに、中納言さまは唐菓子と果実の様子を確かめていた。あのときに毒空木の実をいくつか入れてしまえば……。

まさか、本当にこの食事に毒を盛ったというのか――!?

「さ、急ぎましょう。冷めてしまっては羹がおいしくなくなってしまいます」

中納言の歩みは止まらない。

その歩みを止めたい。

けれども、周りに人がいる。ここで騒ぎを起こせば大事(おおごと)になる。ましてや毒空木の実が混じっていると分かったら……膳司だって中納言さまが唐菓子や木の実を確かめていたと証言するだろう。

そうなれば、中納言さまは――。

薄紅は焦った。額に汗がにじむ。普段なら横合いから源典侍さまとか上役からいろんな仕事を振られて歩が止まりそうなものなのに、なぜこんなときに限って何もないのだろう。

やはり毒の実などないのでは……?

でも、あれは毒空木の実に見えて仕方がない。

弘徽殿の中宮さまの局(つぼね)が近づいてくる。人目も増えてきた。

強引に膳をひっくり返してしまおうか、と考える。だが、そんなことをして大騒ぎになれば、調べが入るだろう。そこで猛毒の毒空木の実が見つかれば、同じことだ。

薄紅は腹を決めた。

要するに、毒が入っていようといまいと、中宮さまがこの木の実を口になさらなければいいのだ。

ちらりと横を見る。中庭の緑が目に入った。

毒が入っていたら中宮さまのお命を救うし、毒が入っていなかったら私が差し出がましい真似をしただけのこと——。

薄紅は数回大きく息をした。

前を行く中納言が流れるような所作で深く頭を下げる。

「中宮さま、お食事をお持ちしました」

すると、中から小鳥のように可憐な声が返ってきた。

「ありがとう」

中を覗くことなど畏れ多くてできない。しかし、それでも十分だった。

初めて身近で耳にした娍子中宮の声に、薄紅は感動して震える。同時に心が熱くなる。

この方をお守りしなければ——。

「ご気分はいかがでございますか」

「まだあまり食べたい気持ちがないのですが……今日は、宰相の君ではないのですね」

「はい。中宮さまもご存じの萱侍従と右近を同行させました。中宮さまのご気分が少しでも良くなればと」

「ああ、ご苦労さまでした」

と中宮が微笑んだのが分かる。薄紅と右近はさらに深く平伏した。

中納言が膳を中へ引き入れる気配がする。薄紅は勇気を振り絞った。

「恐れながら、中宮さまに申し上げます」

中納言の動きが止まり、中宮がこちらに気持ちを向ける。

「萱侍従、何でしょうか」

薄紅は軽く頭を上げ、しかし目線は落としたままで言った。

「先日は唐菓子を拝領し、心より感謝申し上げます。さらに本日は、宰相の君さまの代わりをさせていただき、まことにありがとうございました。添えてあるのは小さき花々でございますが、まるで八重桜を帝に運ぶ大役のようでございました——」

春霞　たなびく山の　八重桜
　ここのへにもと　久しくにほへ

——春霞がたなびく山の八重桜よ、この都にも末永く美しく咲き誇れ。

薄紅が即興で作った歌に、中宮が言葉を返した。

「かつて一条帝のもとに奈良から八重桜が献上されたときに詠まれた歌になぞらえたものですね。紫式部が新参者だった伊勢大輔に花を持たせようと、その献上役を伊勢大輔に任せた……」

さすが中宮だ。薄紅が八重桜を詠んだ意図をすぐに察したようだ。

本来、直接会って言葉を交わせない中宮が、自分の歌に言葉をくださった感動にぼうっとしそうになりながら、薄紅も言葉を返す。

「左様でございます。そのときに傍らの藤原道長さまに歌を詠めと言われた出来事にならいました。本日は〝伊勢大輔〟のお役目、まことにありがとうございます」

そのとき、伊勢大輔は「いにしへの　奈良の都の　八重桜　けふ九重に　匂ひぬるかな」と詠んだ。——古都奈良で咲いていた八重桜が今日、宮中で美しく咲き誇っている、くらいの意味だった。そして、これを機に伊勢大輔はその才を認められる——。

いま薄紅は五月雨の季節であるにもかかわらずあえて八重桜の歌を詠み、八重桜のみならず娍子中宮もこの宮中で末永く咲き誇って欲しいと祈ったのだ。

「ふふふ。実に美しい歌。機転が利くのね、菅侍従」

「もったいないお言葉でございます。中宮さまのご気分が少しでも快復すれば、と思ってのことでございます」

「あなたの八重桜の歌、とても素敵でした。――記念に何か差し上げましょう」

「重ね重ね、もったいないお言葉でございます」恐縮しつつも、薄紅はありったけの念(おも)いを込めてずばり言った。「その唐菓子と木の実の入った器を頂戴(ちょうだい)したく存じます」

局が静まる。無理が過ぎたか。それでダメなら木の実だけでも――。

「うふふ。以前の唐菓子も喜んでいただけたようなので。気分の優れない私よりも、おいしく食べてもらえる方のところへ行く方が果実もうれしいでしょう」

中宮がそう言うと、局の中の別の女房が、唐菓子と木の実の入った器を持って薄紅の前に運んだ。このときのうれしさを何と言おうか……。

薄紅は自分の胸元に押し戴(いただ)くように毒入りの器を抱えようとした。例の実はちゃんと入っている。

「失礼します」

食事を運び終わった中納言が頭を下げ、薄紅たちは局を退出した。

中納言の先を歩く薄紅は相変わらず心臓が激しく鼓動している。傍らの右近が何かを言ったが覚えていない。いくつかの角を曲がり、右近が持ち場に戻ろうとした。

そのときだった。

「止まりなさい、菅侍従ッ」

「え？」

振り向けば、思いあまった中納言が鬼の形相のまま、木の実に手を伸ばしてきた。その拍子に木の実がばらばらと廊下に落ちる。薄赤色の実だけを狙っていた中納言の姿に、薄紅は毒の存在を確信した。次の瞬間、薄紅は自身も予期しなかった行動に出た。

落ちた薄赤色の実を――毒空木の実を口に入れたのだ。

実を噛んだ途端、ひどい苦みが口腔に溢れる。身体が拒絶し、毒物を吐き出そうとする。薄紅は十分嚙み砕き、中納言の手に渡らないと確信してから、懐紙に吐き出した。

「菅侍従――!?」

薄紅の全身にしびれが広がる。船酔いのように呼吸が乱れ、嘔吐感が何度もこみ上げた。頭の中はもう何も考えられない。薄紅は震える手でさらに懐をまさぐった。懐に忍ばせている解毒の薬を口に含む。せめてもの抵抗だった。

全身の震えは益々ひどくなる。痙攣のようになりながら、薄紅は中納言の衣裳の袖をきつく摑んだ。

「これは……こんなことは……いけ、ません――」

中納言の顔が驚きと恐怖と慚愧にゆがんでいる。けれども、そこまでだった。薄紅の目の前が真っ暗になる。どこまでもどこまでも落ちていくような感覚を味わいながら、青い蝶の舞う姿を、薄紅は見たような気がした。

再び目が覚めたとき、薄紅の目に内裏の局の天井が飛び込んできた。

「ああっ、萱侍従――!?」

右近が泣きながら覗き込んできた。

「私……生きてる――?」

局の一つで横になっているらしい。ひどく身体がだるい。まるで急に老婆になってしまったように、力が入らなかった。

「さっき、中宮さまの前で立派な振る舞いをしたあと、しばらくして急に倒れて、ひどく震えているのに気を失っていて。まるで物の怪に魂を抜き取られたのかと……」

「萱侍従、いまはゆっくり休んで。……右近、源典侍さまたちに知らせてきて」

自分を覗き込む中納言の顔には先ほどの〝鬼〟の姿はない。文字通り憑きものが落ちたような顔で、こちらも頬に涙のあとがあった。

「はい」

中納言に言われて右近が局から出ていく。すると、中納言が薄紅の顔を見下ろしながらまた涙を流した。

「萱侍従、私は――いいえ、なぜあなたは――?」

薄紅が夢うつつの状態のまま、独り言のように話し始め、中納言を止める。

「中納言さまの夫の藤原恒成さまが喜ばれた物語を書いたのは——私だったのです」

「え？」中納言が予期せぬ言葉に泣き止んだ。

薄紅は——とてもそうは見えなかったかもしれないけれど——やわらかく微笑んで、中納言にそのあらましを教えた。

男の出家のくだりまで聞いた中納言が唇を嚙みしめている。

「浮気相手を恨み殺し、夫を恨みで破滅させたその妻は——私そっくりですね」

薄紅はゆっくりと首を振った。

「違います、中納言さま。中納言さまは本当は毒なんて盛りたくなかったのではありませんか。木の実の中にいくつか毒の実を忍ばせたのは、ひょっとしたら食べずに膳を下げる余地を残したのではありませんか」

「何を——」

「今日に限って私たちを同行させたことも、本当はご自分の行為を止めて欲しかったからではないのですか」

「…………」

苦しげに中納言が唇を嚙みしめている。

「中納言さま」と薄紅が呼びかけた。「私が恒成さまにご用意した物語は、さらに先があ少し目をつむって、薄紅が語り始めた――。

ここから先は〝男〟の物語ではないから、書いたものの奉親に竹簡を渡さなかったのだ。

薄紅が頷く。

「まだお話が続くのですか」

るのです」

――男と別れて都に残った女は、やがて金持ちの大臣に求婚されて大臣の妻となった。新しい夫は妻をかわいがった。妻は財物に満たされてますます美しくなり、若い娘たちなど何人集まってもかすんでしまうくらいになっていった。

妻は美しくなっていくたびに、いまのこの姿を見たら、かつての夫はさぞ悔しがるだろうとほくそ笑んだものだった。

数年経ったある日のこと、妻の邸の前を乞食姿の僧が歩いていた。

その乞食姿の僧こそ、妻のかつての夫の出家した姿だった。

「そこの徳高きお坊さま、ご供養申し上げたいので当家にお立ち寄りくださいませ」

妻はいまこそかつての夫を見返すべきときがきたと、何も気づかない乞食僧を邸に招いた。女は贅の限りを尽くして供養のごちそうを準備する。

「これはこれは、ご奇特なことで」

と、乞食僧が合掌して深く頭を垂れている。

「ささ、冷めてしまってはおいしくなくなってしまいます。温かいうちにお召し上がりください」

「それでは」

と、乞食僧が箸をつけようとしたときだった。

「あなたはまるで気づいていないようだけど、私はかつてあなたを若い女に取られた妻。いまはこうして他の男のもとに嫁ぎ、これほどに豊かに暮らしているのよ」

と妻は正体を明かした。かつての夫が悔しがるか、恐れおののくか、ひれ伏して謝るか。妻は心待ちにした。

しかし、乞食僧はただ合掌し、仏縁に感謝し、ごちそうを食べて邸を出ていってしまう。どこへ行くのかと問う妻に、夫であった乞食僧は告げる。

「仏法の奥義を学びに、唐土へ。――あなたにも御仏の加護を」

妻は知った。自らが取り戻そうとした夫の心も、遠い過去に置いてきてしまった自分の心も、遠い彼方の神仏の手の平にしかないことを。

引き返す道は、もうない。

もはやそこには恨みも愛執も何もなく、ただ静謐な別れだけが残された――。

その物語を耳にしながら、中納言の脳裏には夫との思い出が駆け巡っていた。

夫の恒成とは情熱的な恋だった。それこそ、物語になりそうな。何でも自分のことを巡って数人の貴族たちと喧嘩をしてまで、真一文字に求めてくれたのだ。

中納言には夫への不満はなかった。家ではいつも笑顔で、子煩悩だった。春は美しい花々、夏は涼しい竹林、秋は色づく紅葉、冬は冴え渡る雪景色。恒成はいつも中納言や子供たちと共に季節の美しさを愛でていた。

「きれいな桜だね」

「ええ。まるで御仏の世界のようですね」

中納言は今めかしい美人だったが、夫の喜びが自分にとっても喜びだった。

夫の心だけを頼みにしていたのに、肝心の夫の心が違うところへ向いていったのは、なぜだろう。ましてやそれが、道ならぬ恋であるどころか、畏れ多くもお仕えする中宮さまへの邪恋を抱いていたなんて――。

「娘子さま……お慕い申し上げます――」

と、寝言で夫が中宮への恋心を吐露したときには、何かの聞き間違いだと思った。

だがその寝言が一回で収まらず繰り返され、やがて夫が日々に鬱屈している姿を見て――中納言は確信し、絶望した。なまじ、夫が中宮と契りを結んでいないだけに、徹底して心だけを中宮に捧げてしまったかのように見えた。

夫の身体はここにあるのに、その心はいないのだ。

宮中での役目と妻としての働きが、ひどく滑稽に思えた。中宮が夫を好きになったりするわけがないと分かっていても、まるで恋し合う者たちの間を取り持っているようで、苦しかった。

自分は何もしていないのに。むしろ、家では良き妻であろうとし、宮中では良き女房であろうとがんばってきたのに。

身を焼くほどの愛執の苦しみに倦み、疲れ果てた。こんな自分が嫌だった。

だから、取り戻そうと思ったのだ。夫の心を。平凡でも愛すべき日常を。

そうして、気がつけばあんなことをしでかしていた。


その自分の愚行の犠牲者であるはずの菅侍従が、自分に向けて切々と物語を紡いでいる。

物語なんて――と唾棄したい想いが最初はあった。中宮に物語を読み聞かせているが、あくまでもただの暇つぶし、お遊びのつもりだったから。

けれども。

彼女の語る物語は、登場人物の設定は自分とはまるで違うのに、なぜか他人事とは思えなくて、心に迫ってくる。

気がつけば自分と登場人物が重なり、登場人物が自分の人生に食い込んでくる。

これが——物語の力なのだろうか。

彼女の物語で、鬼の心となった妻が無常の風に吹かれて、求めていた静謐と穏やかな心を見つけようとしたとき、中納言も思い出した。

そうだった。

私も取り戻そうと思ったのだ。夫の心を。平凡でも愛すべき日常を。

何よりも自分自身の本当の心を——。


薄紅は静かに語った。

身体には力が入らないけれど、心はくじけていない。

届け。届け。届け。

私の物語は恒成さまの心に届いたのだ。

ならば、次に中納言さまの心にも届かない理由はない。

恒成さまには私は直接語りかけていない。私の書いたものだけで〝鬼〟の心を蕩かしたのだ。

今は違う。

物語の書き手が、自分の言葉でその物語を伝えているのだ。心を込めて。祈りを込めて。

そして――尊敬する中納言さまへの感謝の念いを込めて。

届け。届け。届け――。

私の語る物語よ、薄紅の名にかけて中納言さまの心に届け。

美しく艶やかな中納言さまに戻ってください――。


物語を聞き終えた中納言は、声を上げて泣き崩れた。

「ごめんなさい、菅侍従。ごめんなさい、あなた。ごめんなさい、中宮さま――」

届いた――。

薄紅の物語が、言葉が、祈りが、中納言の心にまっすぐ差し込んだのだ。その事実に薄紅も涙がこぼれる。泣きじゃくる中納言に薄紅は手を伸ばした。

「中納言さま」

「はい――」

愛らしい中納言の顔が涙で濡れ、泣いたことで鼻が赤くなっていた。けれども、薄紅はその中納言がいままででもっとも美しく思えた。

「私、物語が大好きなのです。来世までも誓える美しい恋があるから。努力精進して自らを変えていく生き方が書かれているから。転んでも立ち上がる人間がいるから――」

「…………」

「私、広隆寺のそばに『千字堂』という場所を作って物語をたくさん集めているのです。いつも紅の薄様の襲色目を身につけているので、周りからは〝薄紅〟なんて呼ばれてますけど。後宮勤めでイヤなことがあっても、そこに籠もって物語を読んで元気になれます」

「……私には――」

と、中納言はひたすら自らを断罪している。そうしなければいけないだけのことをしてしまったのは確かだ。

でも、物語にもあるではないか。

間違いをしない人間だから素晴らしいのではない。転んでも立ち上がれるから、人間は素晴らしいのだ。私はそんな物語の方が好きなのだ――。

薄紅はもう一度、中納言に微笑みかけた。

「落ち着いたら『千字堂』に遊びに来てください。もっと心躍る、もっと心温まる、素敵な物語をたくさんご紹介しますから」

中納言が何か言おうとしたが、言葉にならないでいる。

そうこうしているうちに、廊下から慌てて何人かがやってくる足音がした。どうやら右近が源典侍たちを連れてきたようだ。

飛び込んできた右近や源典侍たちの心配顔の向こうに見えた空は、淡い朱色に金色の細長い雲がたなびいて、御仏に抱かれているような安らぎがあった。

かりそめの結び

夏の暑さの盛りに薄紅はうだっていた。

「暑い……」

そう呟いては水を啜り、自分の手の汗で物語の文字がにじまないように配慮しながら、「千字堂」の書物を黙々と読み続けている。

「暑いですね」と、なぜかまた「千字堂」にやって来た奉親が同意した。来ないでくれと頼むのも面倒になって放っておいている。今日の奉親は夏らしい蓬の重ね色目の狩衣を着ていた。涼しげな色合いが、切れ長の目の奉親に映える。そこだけ一陣の涼風が吹いているようだった。こちらは汗だくなのに。

「『暑いですね』とか言いながら、ずいぶん涼しげな顔よね」

「そうですか？　まあ、男の狩衣の方が、姫さまのような装束よりもだいぶ涼しいでしょうから」

「まことに、それだけなのですか」

「と言うと？」

「何か陰陽師の秘術とかでそういう涼しくできる秘密があるのではございませんか」

「ありません」と奉親が冷ややかな流し目で一刀両断した。「……結局、中納言はこの『千字堂』に来ませんでしたね」

「そうね」

と、薄紅は答えて扇で風を自分に送った。あれだけのことがあったのだ。仕方がないかもしれない。

先日の毒入り事件のあと、しばらくして藤原恒成を受領として地方に下す宣旨が出た。藤原家の一員としては地方の受領になることは異例かもしれないが、その分、領土は広い。恒成は恭しくそれを受け、妻である中納言や子らと一緒に都から出ていった。

残念だな、と思う。

同年代の中納言と一緒に物語が読めたら楽しかっただろうに。子持ちの中納言なのだから、妻としてや母としての見方で物語を読んだら、自分と意見が違ったりしてをかしだったに違いない……。

「それにしても姫さまは気前がいいですね」

「何が？」

奉親が苦笑した。「私が贈った『玉鬘』の絵巻物、餞別として中納言に差し上げたと義盛（もり）から聞きましたよ」

「うん。私の持っている物の中でもっともきれいで中納言さまに似合いそうなのがそれだったから」

至極当然と頷（うなず）く薄紅に、奉親は頭をかいている。

「何もそこまでしなくても……」

「お礼にと、絹織物に歌を添えていただいたのでしたわ」

物語る　身はそれなれど　薄紅
　いかなる筋を　尋ね行かむ

「玉鬘」の帖（じょう）に出てくる光源氏（ひかるげんじ）をもじっている。――物語を読む身は同じだけど薄紅というあなたはどのような縁をこれから経ていくのでしょうか、くらいの意味だった。

ちゃんと「玉鬘」に関係した歌だったり、〝薄紅〟と自分の名前を詠み込んでくれたりしたのもうれしかった。しかし、もっともうれしかったのは、「薄紅も自分も物語を読む身は同じ」と詠んでくれたことだった。都と地方で場所は隔てても、共に同じ物語読みの仲間なのだと思うと、少し気も晴れる……。

薄紅がそう歌の解釈をすると、

「なるほど、よい歌ですね」

と、奉親はややうつむきながらも微笑んだ。

「あわや中宮さまを毒殺しそうになったのに、おとがめなしって、中納言さまも運が良かったわ……」

薄紅がしみじみ振り返っていると、義盛が真っ青な顔になった。

「何をのんきに言っているのですか。どれだけ奉親どのやみなさまや私までもがあれこれ手を回したか」

珍しく義盛の声が激しい。

「そんなに大きな声を出さなくてもいいでしょ？　だいたい、元を正せば奉親が見つけた鬼の兆しを見つけられなかった陰陽寮と、二人目の鬼の存在に気づけなかった奉親が悪いとも言えるのではありませんか」

奉親が袖で口元を覆って、わざとらしく沈痛な声を出した。「その節は大変ご迷惑をおかけいたしました」

「姫さま。奉親どのはお若いながらに尽力されたのですよ。むしろ褒められるべきくらいですのに」

阿波のおもとはすっかり奉親びいきになっている。まるで私が年若い青年をいじめたように叱らなくても……。だいたい奉親はそんな繊細なたまではない。

「ま、まあ、分かっていただければ結構です」薄紅は仕方なく許した。「ところで、奉親はどんなふうにして穏便に済ませたのですか」

　薄紅が書物を閉じて奉親を見つめる。興味津々という顔だ。

　しばらく迷っていたようだが、最後にはため息をついて奉親が秘密を語った。

「陰陽師というのはいろいろな貴族の相談を受けます。政に関する相談だけではなく、極めて個人的な内容の相談もです。つまり、私たち陰陽師は貴族たちの秘密をいろいろ握っている。なので、それで揺さぶって」

「……思った通り、あくどいこともやるときはやるのね」

「くくっ。心外な言い草ですね。滅多にやりませんよ。恨みを買いかねませんから」

　奉親がふてぶてしくも、阿波のおもとに見えぬ角度で笑っている。

「だいたい分かりました。いろいろとありがとう」

　薄紅が夏空のように爽やかな笑顔で頭を下げた。

「運がよかったと言えば、姫さまこそですぞ」

　と義盛が口を挟んだ。

「ええ。私も、よく生きてたなと思っています」

　何しろ、毒空木を食べたのだから。

「まったくです」と奉親が腕組みをしたまま険しい顔をする。あれ？　これは、もしかしてお説教が始まりそうな雰囲気ではないだろうか。十も年下の奉親から怒られるというのはさすがに悲しいのだけど……。

「うふふ。物語の主人公みたいな危急の場合になったときのために持っていたあの薬、毒にも効いたのが幸いしました」

笑ってごまかそうとしたが、ダメだった。

「違います。二人目の鬼の存在に気づいた私がぎりぎり間に合ったのです。中納言のところへ式神の蝶を飛ばしたところ、ちょうど誰かが倒れたと分かりました。私は後宮の奥まで行けませんから、近くの女官を捕まえてすぐに解毒薬を持っていかせたのです」

さらには清涼殿の局を借りて、大急ぎで解毒延命の儀式を執り行ったという。

「そういうことでしたのね。ありがとう……」

「ちなみに姫さまが持っていたあの薬に解毒効果はありませんから。どうせならこっちの薬をこれからは持ち歩いてください。水あたりや虫下しから、今回のようなときの解毒まで使えますから」

そう言って奉親が懐から薬の包みをいくつか差し出した。

「ありがとう」

お礼を言いながら、薄紅は重要なことに思い至っていた。

毒で倒れた私を助けてくれたのなら、後宮での私の姿――菅侍従であること――がばれたのではないかしら……？　でも、私がいたところまで入れないから解毒薬を手配したと言っていたから、名前まではまだばれていないのだろうか？

奉親をじっと見る。端整だが、どっちとも取れる平和な顔だ。

「私の顔に何か？」

と奉親が口元に笑みを張り付けて尋ねた。

「え？　いいえ。何も。ははは。……あ、そうそう。そういえば、今回の件の報酬、まだ受け取っていませんでした。死の危険を冒したのですから、少し大きい贈り物を要求しようかしら？」

「それこそ、姫さまが自分で書いた物語に出てくる高僧に怒られますよ」

「……それもそうですね」

義盛が含み笑いをもらす。「ふっふ。姫さま、今回は奉親どのに一本取られましたな」

「負けてあげるのも年上の務めです」

薄紅が頬を膨らませて言うと、奉親が涼しい顔で慇懃（いんぎん）に頭を下げた。

「若輩者の陰陽師なれば、今後ともご指導ご鞭撻（べんたつ）のほど」

「それで」と薄紅が目を細めた。「この暑い中、こんなおしゃべりだけのために来たのではないでしょう？」

奉親がにやりと笑って、懐から一枚の紙を取り出した。「頭の中将（とうのちゅうじょう）」と書かれている。

「藤原頼通(ふじわらのよりみち)さまの邸(やしき)の中庭に置かれていました。よく見れば鳥の足跡が頭の中将の名前を無数に踏みつけてあります。これが何かの呪(しゅ)ではないかと頼通さまが気になさっているのですが、どうにも解けず……」

言葉通り、鳥の足跡で汚れた紙を受け取りながら、薄紅はにっこり笑った。

「仕方ありませんね。その謎、見事解いてみせましょう。――薄紅の名にかけて」

数日後の後宮――。

薄紅が同僚の右近(うこん)と二人で、後宮を右に左にと忙しく立ち回っていると、上役の源典侍(げんのないしのすけ)に呼び出された。きっとろくなことはないだろうなと思って源典侍の待つ局に行くと、源典侍だけではなく、女官たちが何人もいた。廊下で右近が真っ青な顔で見ている。

まず思ったのが、先日の騒ぎの咎(とが)で薄紅自身罰を受けるのではないかということだった。中納言さまに対しては穏便に済ませたけど、誰かに咎を負わせて首をはねないと決着がつかない――政(まつりごと)の世界ではよくあることだ。まあ、後宮を追われても仕方がない。うちの家族は泣くかもしれないけれど、そのくらいの覚悟だったのだし。最悪、「千字堂」まで失ったりはしないだろう。

「菅侍従、ただいま参りました」

どうせ一度死んだ身。どうにでもなれ――。

すると、女官の一人が口を開いた。

「宣旨です。菅侍従、本日から書司(ふみのつかさ)へ異動されたし」

「へ？」思わず変な声が出た。

途端に源典侍の眉(まゆ)がつり上がる。「宣旨ですよ。慎みなさい」

「は、はい……」

書司といえば、後宮十二司の一つにして、後宮にある書物と文房具を管理する場所。

つまり、務めの暇なときには後宮すべての書物・物語、読みたい放題という、薄紅にとっては極楽浄土もかくやの夢の役目だった。

ただし、この手の宣旨が夏の盛りに言い渡されることは、まずない。

望外の幸福、我が世の春の到来に唖然(あぜん)とする菅侍従のそばを青い蝶が飛んでいった。

蟬が激しく鳴いている。

宣旨を有り難くいただくと、廊下で待っていた右近が飛び跳ねる。

「すごい。菅侍従、こんなことってあるのですね」

薄紅は飛び去っていった青い蝶の方を見ながら微笑んだ。

「誰かさんがあれこれ手を回してくれたのかな」

その代わり、また相談に乗ることになってしまうのだろうが。

「え？」

「いいえ、何でも。ふふ。都の夏は暑いけど、寝苦しい夜も物語を読めば過ごしやすいでしょうね」

しきりに鳴いていた蝉が、思い出したように別の木に飛んでいく。薄紅はこれから出会う新しい物語に胸が躍り、夏の暑さをしばし忘れた。

雲一つない大空は、目が痛いほどの青さだった。

お便りはこちらまで

〒一〇二―八一七七
富士見L文庫編集部 気付
遠藤 遼（様）宛
沙月（様）宛

富士見L文庫

平安後宮の薄紅姫
物語愛でる女房と晴明の孫

遠藤 遼

2020年４月15日　初版発行

発行者　三坂泰二
発　行　株式会社 KADOKAWA
〒102-8177　東京都千代田区富士見2-13-3
電話　0570-002-301（ナビダイヤル）

印刷所　株式会社暁印刷
製本所　本間製本株式会社
装丁者　西村弘美

定価はカバーに表示してあります。　◇◇◇

●お問い合わせ
https://www.kadokawa.co.jp/（「お問い合わせ」へお進みください）
※内容によっては、お答えできない場合があります。
※サポートは日本国内のみとさせていただきます。
※Japanese text only

ISBN 978-4-04-073577-1 C0193

お直し処猫庵

著／尼野 ゆたか　イラスト／おぷうの兄さん（おぷうのきょうだい）

猫店長にその悩み打ちあけてみては？
案外泣ける、小さな奇跡。

OL・由奈はへこんでいた。猫のストラップが彼に幼稚だとダメ出しされた上、壊れてしまったのだ。そこへ目の前を二足歩行の猫がすたこら通り過ぎていく。傍らに「なんでも直します」と書いた店「猫庵」があって……

【シリーズ既刊】1～3巻

富士見L文庫